JN285428

陽だまりの午後

藤堂志津子

幻冬舎文庫

陽だまりの午後　目次

陽だまりの午後

春の訪れ 10
甘い思い出 15
十代の買いもの 19
犬の床屋さん 23
寝室のカーテン 28
母の日に 32
フィットネス 36
よろず帳 40
ピンクの衣装 44
父の日に 49
ふるえる手 54
梅雨と吹雪 58

夏休み　63
祖父の恋　68
獣医さんの待合室　72
素面の効用　76
惣菜売り場　81
ラジオ体操　86
同期会　90
留守番電話　95
ペンネーム　100
トンボ　104
敬老の日を前に　109
ご先祖さま　114
秋の景色　118

ありふれた日々に

スポーツ観戦　124
本のゆくえ　127
私の休暇　131
切実な事情　134
教習所のK先生　137
ビデオショップに通うわけ　140
ケチ自慢　143
説教癖　146
身の上相談　149
はじける回答者　152
飽きる　156
使い捨て　159

小さな感慨　162
書くタイミング　165
記念の貯蓄　168
将来の夢　171
プレゼント　174
めまい風邪　177
堂々めぐり　180
他人の目　184
はじめてのレース　187
化粧台の整理　191
三十代の披露宴　195

陽だまりの午後

春の訪れ

カレンダーが四月にかわるのと前後して、全国各地の桜の開花状況がテレビ・ニュースなどで連日のように報じられてくる。

テレビ画面にうつった桜を眺めていると、きれいだなあ、春だなあ、といっとき、のどかな気分につつまれる。

けれど私の住む札幌《さっぽろ》の街の四月は、まだまだのどかとは言いがたい。桜の花が咲くのも、たいがい五月に入ってからのことで、それも梅の花とほとんど同時期に開花する。

その年によって多少のずれはあるものの、札幌の四月は、雪どけのまっただなかにあり、路上は残雪と地面の泥と濁り水が一緒くたにひろがっている。

歩くと泥水がはねる。そばを通りすぎてゆく乗用車の車体も泥まみれで、本来はどんな色だったのかわからないくらいに汚れきっている。いくら洗車しても、走るとすぐに泥まみれになるため、この時期、ドライバーたちは愛車をみがきあげる意欲を失うようだ。

風も冷たい。冷たい、と言うより、寒い。陽《ひ》ざしだけは、真冬とはくらべものにならないほどに強く、まぶしくなっているのだが、しかし、そのせっかくの春めいた陽ざしの暖気も、風の寒さが半分奪ってゆく。

だから札幌の四月は、妙に居心地《いごこち》の悪い季節である。もはや冬ではない。かといって、まるごとの春でもない。冬の後始末をしながら春を迎える準備をしている月、中途半端な月……それが雪どけの四月である。

ただ雪どけの期間が、十年前、二十年前より短くなったように感じるのは、私の気のせいだろうか。それだけ、ひと冬の降雪量が減ってきている、と思うのも、やはり気のせいなのか。

札幌に生まれ、他の街で暮らすことなく今日まで住みついている私の、あまり当てにならない記憶からすると、昔の札幌はもっと雪が多かったと思う。大雪が降るたびに、子供の私はうれしくて仕方がなかった。雪遊びのバリエーションがそれだけ増えるからだ。気温がどんどん下がってゆくのも大歓迎だった。軒先に生じるツララが、気温の低下とともに太く、長く、見とれるようなリッパな形になってゆく。そのツララを、できるだけ原形をそこねないように軒先からそっとはがし、家の玄関先に掘った雪穴に大切にしまう。しまって、では、どうするのかというと、どうもしない。ただ、それだけのことなのである。でも、リッパなツララを目にすると、どうしても雪穴を掘って、大事に保管したくなる、そういう性分の小学生だった。

ある年の冬は、ついに屋外の雪穴に集めるだけでは気がすまず、玄関の三和土《たたき》の上に大ぶりのツララを何本も積みあげたものである。ほどなく一時間もたたないうちに母に見つかった。「ツララがとけないうちに、そとに出してしまいなさい」

大雪が降ったと言ってははしゃぎ、気温が氷点下になったと言っては喜び勇んでいた子供の私にとって、冬は楽しく、うれしい季節だった。大人たちが除雪に汗まみれになり、家中の暖房にやっきになっているのをそばで見ていたはずなのに、雪国の大変さを少しも実感しないままにすごしてきた。

一昨年（一九九五年）の冬、札幌は観測史上四、五十年ぶりだという大雪に見まわれた。毎日しんしんと雪が降る。降り積もる。そのため道路は交通渋滞どころか、交通麻痺《まひ》の状態におちいった。

連日連夜の大雪を窓のそとに眺めながら、私は訳もなく気が滅入《めい》った。このまま雪に閉じこめられてしまうような、体のふしぶしまで寒気に凍てついてしまうような、そして、もう二度と春の訪れがやってこないような、そんな思いにとらわれた。はじめてのことだった。

この冬は一昨年ほどの降雪量ではなかったけれど、やはり私は、もう雪はたくさん、という気持ちで日々を送ってきた。そのため雪どけの四月を迎えてほっとする。窓ガラスごしに陽ざしをあびていると、つい猫のように目を細め、仕事をほうりだして、ぼんやりと一日の陽ざしの移ろいだけを眺めていたくなる。

甘い思い出

四、五歳ぐらいの男の子がチョコレートパフェを無我夢中で食べている。その左手はV字形のガラス容器の柄の部分を握りしめ、右手にはスプーン。口のまわりはチョコレートとアイスクリームで、どろどろになっている。目はうつろ。味覚に専念するがゆえの放心状態におちいっているのだろう。

テーブルの反対側にすわっているのは、男の子の母親らしき人物だが、私の席からは顔が見えない。それをよいことに、私はコーヒーカップを手に、ぶしつけな視線を男の子にそそぐ。さぞかし、おいしいのだろうな、とついつい見つめてしまう。

所用でひとと待ちあわせした喫茶店での光景である。約束の相手があらわれるまでの十五分間、その男の子はたっぷり私を楽しませてくれた。

同時に遠い昔の出来事を私は思い出していた。昭和三十年代、私が十歳のときである。

私にはふたりの妹がいて、次女とは三歳、三女とは五歳はなれている。この五歳違いの下の妹は子供の頃は大の甘党で、黙っていると、羊羹《ようかん》一本をまたたくまにたいらげてしまうくらいの甘いもの好きだった。実際、母が羊羹一本を、特別に妹に与えたことがあった。長さ二十センチほどの、いわゆるレギュラーサイズとでも言おうか。私とすぐ下の妹は、それを見ても、うらやましくもなんともなかった。私たちのほうは、どちらかというと辛党だったからだ。

一本まるごとの羊羹を両手で支え持った五歳の妹が、ニカッと笑うのを目にとめたものの、私はすぐにほかのことに気を取られた。数十分後、なにげなく妹を振り返った。羊羹がなくなっている……。妹にたずねた。

「羊羹、どこかにしまったの？」

「ううん。食べた」

「食べたって、でも、ついさっきまで……」

「食べちゃったの」

一瞬、十歳の私は絶句した。あまりの早食いに。しかも、それが羊羹一本であることに。けれど妹は涼しい顔で気分の悪さをうったえるでもない。

ある日、チョコレートの詰めあわせの大箱が、しかも二段重ねという豪勢な箱がわが家に届けられた。形のさまざまな、まるできれいなボタンのようなチョコレートがぎっしりと並んでいる。いつもなら、そうしたお菓子の箱は母の管理下に置かれ、おやつのたびに私たち三人の子供に与えられるのだが、そのときにかぎって、多分、父と母はいたずら心を起こしたのだろう、チョコレートをいっぺんに家族五人で公平に分けると言いだしたのだ。もちろん娘たちは大喜びだった。

かくして私と妹たちはひとりずつチョコレートの小山の持ち主となった。毎日数個ずつ食べても一週間ぐらいはもつようなかずだったと記憶する。ところが末の妹がチョコレートを分けたその日のうちに、一個残らず食べつくしてしまったのである。それはそれでよし、とする親たちの考え方だった。

しかし、翌日からおやつの時間は少しも楽しくなくなった。私とすぐ下の妹がチョコレートを取りだして食べているそばで、末の妹がおもむろに絵本をひろげる。それで自分の顔をかくすようにして両手に絵本を支え持つ。姉たちがチョコレートを食べる姿を、そうやって自分の目に入れまいとする。見かねた母が「お母さんのをあげようか？」と声をかけても、「いらない」と幼いながらに意地を張る。父が声をかけても、やはり返事はぶっきらぼうに「いらない」。自分の失敗に気づきつつも、断固それを認めまいとする精いっぱいの五歳児のプライド……。

その一件以来、お菓子のいっぺんの山分けというやり方は、家族全員が懲《こ》りて、わが家では二度とやらなくなったものである。

幼い子供が甘いものを一心不乱に頰張《ほおば》っているのを見ると、いつも五歳の妹が絵本を顔の高さにひろげていた光景がよみがえってくる。その妹の娘が三歳のとき、うまれてはじめてバナナパフェを食べ、おいしさのあまり目をまんまるにしたときは、目の前にいる姪《めい》が、そのままかつての妹にだぶって見えた。

十代の買いもの

あれもこれも、といくつもたまった用足しに久しぶりに日曜日の街中にでかけた。

某デパートの五階にある家庭用品売り場へいこうと、一階のエスカレーターに進む途中、同じフロアの化粧品売り場に目がいった。いつになく込んでいる。しかも客の顔ぶれは、見るからに高校卒業したてといった十代の女性たちばかり。どことなく緊張した面持ちで、販売員の女性の説明に、真剣に、熱心に耳を傾けている。実際にその場で化粧をしてもらっているお嬢さんたちも少なくはない。この春からのOL一年生なのだろうか、それとも大学生になりたてなのか、と私はエスカレーターに乗ってからも、うしろを振り返りつづけた。

私がはじめて口紅や頰紅を使ったのは、短大一年のときである。母が買ってくれた。ただその理由は「少しでもきれいに」ではなく、「少しでも健康的に見えるように」。子供の時分から、あまり丈夫ではなかったせいか、十代も後半の頃の私はひどく顔色が悪かった。顔に血の気というものがなく、いつも他人《ひと》から心配された。「どこか具合でも悪いの？」。それを見かねた母が、せめてこれをつけたらと買ってくれた口紅、頰紅だった。効果はてきめんで、薄いピンク色の口紅と、同色の頰紅を軽くつけるだけで、私はたちまち血色のよい顔になることができた。しかし口紅をつけている状態は心地よいとは言いかねた。唇が妙に重苦しく、まるでべっとりと糊《のり》を塗ったようなのだ。それがうっとうしく、結局、短大の二年間は、ほとんど使用せずに終わった。口紅をしていても、そう気にならなくなったのは、いったい何歳ぐらいからだったろうか。

デパートの買いものをすませて、次に私は小さなランジェリー・ショップに寄った。パジャマを新調したかったのだ。店には先客がいた。さっきデパートの化粧品売り場で見かけたような、まだ高校生の雰囲気をたくさん残している若い女性だった。試着室のそばに手持ちぶさたにぽつねんとたたずんでいる。どうやら彼女の連れが試着室に入ったのを待っているらしい。私のパジャマ選びは三分とかからなかった。私の買いものは、いつでもはやい。ひと目で気に入るか、それがないなら買わないか、にはっきり分かれる。この決断の速さは、年齢とともに加速している。短気になったのかもしれないけれど、しかし、これは、やはり間違いだらけの後悔の買いものを、いやというほどくり返してきたからだと思う。迷ったときは買わない、この信条を、私はつい数年前にようやく打ち立てることができたのだ。私がパジャマの包みを受け取り、支払いをすませ、店からでようとしたそのときになって、ようやく試着室のカーテンがあいた。あらわれた若い女性の姿を目にし、思わず私は足をとめた。

高校出たてらしき彼女は、ぴったりと脚《あし》にはりついたジーパンの上から、真っ白いパンツをはいていた。パンツの試着だったのだ。

ふいに胸をつかれた。そうだったなあ、と昔を思い出しもした。パンツ一枚、スカーフひとつ買うにも念には念を入れて選び抜いていたあの頃。最近のテレビなどでは、ブランドものを無造作に買い求める中・高校生がわんさかといるように報じられているけれど、現実には私の十代の頃とあまり変わらない若者も、こうして目の前にいる。ただし私が十代の頃は、パンツまで試着するひとは珍しかった。みんなそこまでの度胸がなかったのか、そういった発想がどだいなかったのか。

ジーパンの上にパンツをはいた素朴そうな若い女性は、その格好のまま、女性の店員さんと何やらやりとりしはじめた。待っていた彼女の友だちもまじめな表情で討議に参加している。私は胸のうちで、だれにともなくつぶやいた。「彼女たちをダマさないでくださいね、高いだけのものを押しつけないで」

それにしても、ジーパンの上からパンツを試着するとは、なんと堅実で、なんと手堅い買い方か……私もそのうちやってみたいと考えている。

犬の床屋さん

二歳八カ月になる犬を飼っている。

体重二・五キロのオスの小型犬で、一応はヨークシャーテリアという犬種に分類されるのだが、当の犬を見て、ひと目でヨークシャーテリアと見破ったひとは、いまのところだれもいない。

カレンダーの写真などにうつっているヨークシャーテリアは、つややかな暗灰《あんかい》色《しょく》と茶の濃淡の長い毛を持つ犬として一般的には知られている。

が、私の犬は短毛である。

「この犬は仔犬《こいぬ》?」

と宅配便のひとたちが必ずたずねるぐらい、二歳八カ月になっても、体は小さく、体毛は短い。

体の小ささは遺伝子によるものだけれど、短く刈りこんだ毛は、たえず私がハサミで切っているからだ。そのため黒や茶の毛はいつのまにかなくなって、全体的にグレーっぽい体毛になっている。また自分の髪さえ満足にカットできない私のハサミの技術のほどは言うまでもなく未熟。だから犬の毛はいつもふぞろいで、そこが残念でならない。顔のまわりの毛はまるくカットしたいのだが、そして、そのつもりでハサミを動かすのではあるけれど、出来あがりは菱形《ひしがた》だったり左右いびつな丸形であったりする。

この毛のトリミング作業を、私は「床屋さん」と称している。犬にむかって「きょうは床屋さんをしようね」と声をかけると、犬は一目散に逃げてゆく。姿をくらまして、いつまでもでてこない。

犬の気持ちもわからないではないけれど、私にしても「床屋さん」はひと仕事なのだ。

犬を日当たりのよい机の上にあげ、犬の緊張と警戒心をやわらげるため、たえまなく小声で話しかけながら、ハサミを操作する。それでも犬はじっとしていない。すきあらば逃げだそうと小刻みにふるえ、かつ動く。あぶなくて仕方がない。そのため私の全身は汗みどろになる。額から冷や汗が流れ落ちる。

犬や猫の毛をシャンプーしたりカットしてくれるペット美容室があるのは知っている。実際、私の犬も一度だけ、そこに預けた。生後五カ月目のことである。トリマー嬢の手に犬をわたし、言われたとおりに四時間後にふたたび引き取りにでむいた。犬は頭に青いリボンをつけられ、すっきりと可愛《かわい》くなっていたけれど、見るからに精神的に打ちのめされた様子だった。ふるえがとまらないのである。さらに私にだまされ、裏切られたと思っているらしく、疑い深い目をして近寄ってもこない。だいたいが臆病《おくびょう》で、小心、用心深い性分の仔犬なせいか、ペット美容室体験は相当なショックだったらしい。

以来、私は専門のトリマーに預けることをあきらめた。かわりに小さめのカットト用ハサミを買い、シャンプーやリンス、入浴後に体にすりこむオイルなどもそろえた。

犬の体毛をどのようにするかについては、あまり迷わなかった。以前にテレビで「サマー・カット」なるものをされたヨークシャーテリアを見て、それがとても気に入っていたのだ。「ヨークシャーテリアの飼い方」という本には「老犬むきのカット」と紹介されていたけれど。

「床屋さん」の場合ほどではないけれど、犬のシャンプーでも、私は大汗をかく。シャンプー後に犬の体を冷やさないために、すみやかにハンドドライヤーを当てて毛をかわかすのだが、そのとき犬はきまって私の膝《ひざ》に乗ってくる。だから犬にドライヤーを当てていると同時に、私自身もドライヤーからの熱風を受けることになる。これが暑い。二、三十分間はじっと熱風をあびつづける。そのあいだ私はずっと汗を流しつづける。

先日はようやく思いきって犬の胸から腹にかけて、もつれにもつれていた毛を刈った。冬のうちは寒かろうと、春になるのを待っていたのだ。たっぷり一時間かかり、いつもの「床屋さん」の数倍の汗をかいた。しかし考えてみると、最近の私がここまで真剣になるのは原稿書きのときと、こうした犬の毛の手入れのときぐらいかもしれない。

寝室のカーテン

五月になるとようやく私の住む札幌では、桜の花が咲きはじめる。桜だけでなく、梅、ツツジ、レンギョウ、水仙、チューリップ、クロッカスなどが、ほぼ同時期に花ひらく。そうなってみて、ようやく春がきた、と実感するのは私だけだろうか。「リラ冷え」の言葉で知られるリラ、すなわちライラックの花は、これより少しあとの五月も末近くまで待たなくてはならない。

彩《いろど》りも鮮やかに花々がいっせいに咲き誇り、それはもちろん心楽しいことに違いないのだが、毎年、この季節になると私はカーテンと苦闘する。寝室の窓のカーテンである。

私の寝室は東むきで、窓も東に面している。そのため日の出とともに、朝日がまっすぐ差しこんでくる。当然のことながら、日の出は一年中、東からであり、五月に入って急にそうなったわけではない。けれど、どうも私の感じでは、五月になると、朝日の強さやまぶしさが、にわかに際立ってくるような気がしてならないのだ。そしてカーテンのほんのわずかなすきまから差しこむ朝日が、その一条の光線が、私の安眠をさまたげる。

これは最近になってはじまった悩みではなく、昔から私は明るい所では眠れなかった。朝の陽ざしの気配を感じると、必ず目がさめてしまうのだ。また九州や関西、関東などの住宅と違って、札幌では雨戸のある家は珍しい。台風の猛威にさらされることがめったにないため、雨戸の必要なしと判断されてきたのだろう。しかし、二十代も前半の頃、関西に住む知人の家に泊まったときに、雨戸はなんて便利なのか、と私は感心してしまった。当時からすでに朝の陽ざしに悩まされていた身には、雨戸は何よりの遮光方法に思われた。

九年前に、古くなってすきま風だらけの家を建て直した際、私はうっかり雨戸の注文を忘れてしまっていた。かつて、あんなにも便利だと感動した雨戸だったのに、忙しさにかまけて失念していたとは、いまだに残念でならない。かくして、新しくなり保温対策は万全となった家ではあるけれど、冬がすぎ春になるたびに、私は安眠対策にやっきとなる。

東むきの寝室でも、枕の位置をどうにかすれば、と思いたいところだが、ここでも私の思惑は裏目にでた。作りつけの収納家具が、やたらと多い私の居住空間なのである。やはり最初は便利だろうと考えて注文したのだけれど、これはベッドの位置を固定化させる結果になった。長方形の寝室の壁の三面が物入れとなっていて、ベッドを置くのが可能なのは一面のみ、しかも、こともあろうに頭が東をむく。設計の段階でみっちり打ちあわせすべきだったのだろう。その時間を惜しんだ私にも非はある。朝の陽ざしに、どれだけ弱い人間か、言葉をつくして説明しなくてはいけなかったのだ。

結局、私は南側の作りつけの収納家具のひとつをふいにして、ベッドの頭をそこに移動した、インテリア会社が取りつけてくれた、しゃれたラベンダー色の厚手の窓カーテンをはずして、裏はゴム、表は布になっている、まさしく遮光用そのものの灰色のカーテンをぶらさげた。さらに毎晩、カーテンと両の壁のすきまをチェックする。カーテンとカーテンの折り重なり具合にも目を光らせる。それでもカーテンが夜中にしぜんとずれたりもして、油断はできない。念入りにチェックを重ねたにもかかわらず、朝の三時とか三時半に陽ざしで起こされた日には、私は一日中、体がだるく、頭がぼんやりとして仕事にならない。

だから、冬場はともかく、五月に入ると、私の寝室のカーテンは突然にぎやかになる。カーテンとカーテンのすきまをプラスチックのピンクや赤の髪クリップで何カ所もとめ、壁とカーテンのあいだを粘着テープでぴったりとふさぐ。夜ごとのこの作業が秋の終わりまでつづく。これから夏にむけて、ますます日の出は早くなり、それに比例して、私のチェックの目はますます三角につりあがってゆくことになる。

母の日に

やりたいことを、やりたいようにやってきた、と私はこれまでの自分の人生を、そう思っている。これといった後悔も、いまのところは見当たらない。

だからといって、これまでの自分の在《あ》りようを積極的に、手放しで肯定する気もさらさらない。やりたいようにやってきたその背後には、当然しっぺ返しもわんさかとあり、結局、プラスとマイナスを考えると、まあ、こんなところか……とため息まじりに現在ただ今を受け入れている。

それでも数年前までは、淡い悔いがあった。悔い、という表現よりも、もっとあいまいで、甘ったるい感傷にすぎなかったけれど、ほかに言い方が見当たらず、この言葉を使っていた。

私はついに母親にはならなかった、自分の子を持たなかった、というのがそれである。これはだれのせいでもなく、私の意思だったとはいえ、ある年齢からそこに淡い悔いのニュアンスがまじりこんできた。ところが三年ほど前、私のこの「最後の夢想」というべきものも、見事に打ちくだかれた。私と同世代の、やはり子供のいない知人ご夫婦の、なにげない会話をそばで聞いたときだった。

「うちには子供がいなくてよかったよなあ。おれたちの子供なら、もう、とっくに、ろくでもない人間になっていた」

「そうね。手のつけようもないグレた子にね」

目からうろこが落ちるとは、その瞬間の私の心境を端的に言いあらわしている。そして、私はすかさず胸のうちで深々とうなずいていた。まちがいない、私の子供なら、きっと、いつか、必ずグレていた。確信できる。その根拠をここで語っている枚数上の余裕はないのだが、とにかく、そのとき私は、自分がうんで育てた子が、どうにか、かろうじて人並みになってくれるだろうという期待はまるで持てなかった。それよりも、絶対にグレる、となぜか妙な自信とリアリティーをもって断言できたのである。以来、「私の子」というものへの夢想はきれいに消滅した。

いっぺんだけ母親の真似《まね》ごとらしきことをしたおぼえがある。二十年も前の出来事で、相手の女の子の名前さえ知らない。当時、私は、はじめて親もとをはなれ、アパートでひとり暮らしをしていた。アパートから歩いて五分の小さな事務所の電話番という仕事に、あわただしくありついて、やはり、あわただしくスタートしたひとり暮らしだった。自分から望んだ生活なのに、一カ月もたたないうちに、私は淋《さび》しくてたまらなくなった。毎月の給料もあっというまになくなってしまう。夕方の五時すぎにアパートに帰ってきても、夕ごはんを食べると、あとはすることがない。唯一の楽しみは近くの銭湯だった。銭湯のお風呂の湯は私には熱すぎ、そこに立ちこめる大量の湯気にもすぐにのぼせて気分が悪くなるのだけれど、他人に会えるという一点だけで、私は毎日通いつめた。そこで二、三歳のその女の子に出会ったのだ。

いつも子供たちだけ五、六人できている一団のなかに、その子もいて、しかし、だれもかまってやらない。ある日、私は思いきって洗い場のすみにぼんやりたたずんでいる子に声をかけてみた。「体、洗ってあげようか?」。「うん」。体だけでなく髪も洗ってあげた。女の子はひと言もしゃべらず、私のなすがままになっている。何をきいても答えない。答えられないぐらい幼かったのだろう。「はい、おしまい。またね」。たったこれだけの交流が三、四回つづき、私のひとり暮らしも入院と引きかえに、半年とたたずに終了した。

この二十年間、折あるごとに、この女の子を思い出す。小説にも書いたことがある。こんなにも忘れられないのは、私がおこがましくも母親の真似ごとをしたと言えるたったいちどの体験だからなのか。それとも、その頃の私が女の子から与えられていたものが、そのぐらい大きく深かったからなのだろうか。

フィットネス

「体のことを考えて何かスポーツなどをはじめたら？」と、あっちからも、こっちからも言われ言われつづけている。

言われつづけて、すでに十年以上になる。言われるたびに、そうだな、と私は素直にうなずく。その場では、十分にその気になる。けれど、すぐに忘れ、何ひとつ実行に移さない。だから、またもや、言われる。

六、七年前、まわりがあまりにもやかましく、思いきって運動のための固定式自転車を買った。車輪のない自転車というか、屋内自転車こぎというか、つまり、そういうフィットネス用の道具である。けっこう値の張る買いものだった。

最初はまじめに毎日やった。一日の執筆を終えた午後の五時ぐらいから、首に、いかにもそれらしきタオルなどをぶらさげて自転車のペダルをふんだ。説明書どおりに一回に二十分、ひたすらこぐ。そのうち汗がでてくる。ああ、この汗がいいんだな、とくじけそうになる気持ちを励まして、さらにこぐ。

一週間たつと黙々とペダルをこぐのが退屈になり、テレビを観ながらにした。けれどペダルの音がうるさく、いくらテレビの音量をあげても聞こえない。それでCDのイヤホンにかえた。音楽を聴きながら二十分間をやりすごそうというもくろみは、わりあいとうまくいった。しかし、何か、そぐわない。その頃もいまも、言葉の入っている音楽には、なぜか聴覚を不安定に刺激されてしまう私は、もっぱらクラシックを聴いているのだが、それらの曲とペダルのリズムが妙にちぐはぐなのだ。それで昔なつかしいロックのテープにかえた。すると、なつかしさのあまり感情が乱れ、とてもペダルこぎなどしている余裕がなくなってしまう。足の動きをとめて曲に聴き入ってしまうのだから、どうしようもない。かくして、ふたたび無音状態のなかのペダルこぎにもどったのだが、退屈でたまらず、そのうち、だんだんとむなしくなってきた。何かというと、すぐに簡単にむなしくなり、途中で投げ出す性分なのだ。

それでも自転車こぎは二、三カ月つづいたと思う。本当は一カ月もするとうんざりだったのだが、購入価格を思うと、少しでもモトを取りたいと考えた私のビンボー性が二、三カ月先に引きのばす結果となった。やがて、この自転車は、なんの未練もなく友人に引きわたされた。

以来、健康のためのスポーツやフィットネスはやったことがない。「水泳がいい」と友人知人たちは口をそろえてすすめる。「泳がなくても水のなかを歩くだけでも運動になる」という。「執筆による肩こりにはぴったりですよ」。話を聞いているだけで、本当によさそうだと、すでにひと泳ぎしてきた気持ちになる。じつは、いつも、こうなのである。他人が口をきわめて熱心に語る体験談に、ついこちらも熱心に耳を傾け、身を乗りだし、その結果、自分まで体験した気分になってしまい、それから先に進まない。

だが、それにしても、健康のために体を動かせ、とそそのかすひとが、私のまわりにはいかに多いか、あらためて気づかせられる。とにかく、だれかと会うと、きまってそういった話題が持ち出されてくる。何もしていない私を、やいのやいのとせっつく。こちらが相談したわけでもなく、体調の悪さをもらしたのでもないのに、あれがいい、これはぜひに、と言葉をつくす。しかし、いまのところ私には、これといった持病めいたものは、ひとつもない。体力は人並み以下で、丈夫とは言いがたく、たいがい体調も不調なのだけれど、それは物心ついた頃から途切れなくつづいていることなのである。

もしかすると、これまでずっと健康できたひとほど、ある年齢なり体力的な限界を感じはじめたとき、にわかに健康のためのスポーツやフィットネスに打ちこみだすのではあるまいか。その反対に、へたに体を動かすと過労になる、と十代の頃から用心ばかりしてきた私は、いまだに及び腰の状態から脱しきれないでいる。

よろず帳

一日の大半を仕事部屋にある小ぶりのソファの上ですごす。丈の低い、黒い布張りのソファである。一日のうち八時間ぐらい、ここに腰かけてコーヒーを飲んだり、寝転がって本を読んだり、テレビを観たりしている。

ソファの前には、やはり小さめのガラスの長方形のテーブルが置かれ、ボールペンやハサミ、読みかけの数冊の本などと一緒に、必ずノートが一冊、そこにまじっている。ノートのサイズは、その折りおりによって違うけれど、おおむね大学ノートよりは小さく、文庫本サイズよりは大きい。

つねにガラスのテーブルにのっているこのノートが、いつの頃から私の生活に組みこまれてしまったのか、正確にはおぼえていない。気がつくと、ありとあらゆることを走り書きしたノートが、ガラスのテーブルの片すみに置かれ、さらに気がつくと、またもやノートの余白にメモを書きこんでいる私がいた、というあんばいなのだ。

このノートは、まったくの「よろず帳」である。メモしておかなくてはならない、日常のすべての用事がここに書きこまれている。日付けはない。必要なときにパッとノートを取りあげ、パッとひらいた白紙のページに、パッと走り書きをするだけなため、最初のページから順ぐりに書きこんでゆくといったきちょうめんさからもほど遠い。

あるページには「大根、シイタケ、バター」などのマーケットの買いものがメモされている。次のページには「ゆで卵、ネギ、からし、マヨネーズ、じゃこ」と一行ごとに並び、それを大きな丸で囲んで横に「まぜる」と書いているところからすると、多分、テレビの料理番組を観ながら、急いで書き取ったものだろうと思う。白紙の三ページのあとには、札幌に住む私のもとに東京からお見えになる編集者の名前が突然あらわれる。待ち合わせのホテルのロビーと時間も、ななめに飛ぶような文字で記入されている。また街中にでかけるに際して寄らなくてはならない店の名前とか、用足しの内容を短く書いたページもある。エッセーの依頼原稿の文字数を明記するのと一緒に昼食のメニューを並べたページがあるかと思えば、保険加入をすすめられた日に、話を聴きながら書き取っていたらしい、いくつかの数字も散らばっている。いまとなっては判断不明なその数字の下には、カッコでくくった小説の締め切り日と枚数、雑誌名が殴り書きされてある。

現在使っているノートは、どうも昨年の十二月ぐらいからのものらしい。マーケットの買いもののなかに、やたらと「ミカン」が登場するし、エッセーや小説の締め切り日から逆算すると、何やら、そんな気がする。それにノート一冊ぶんの厚みにしては妙に薄っぺらで、これは多分、年末年始の気ぜわしさのなかで、外出先をメモしたページを引きちぎり、それを持ってでかけることが多かったからに違いない。

「よろず帳」のなかには、執筆メモも、ひとつだけまじりこんでいた。そのページを見て、私もはじめて思い出したのだ。小説を書くにあたって、それまで私はメモといったものはいっぺんも書いたためしがなかった。しかし、記憶力の衰えが自覚されるきょうこの頃、やはりメモぐらい書きとめておこう、とノートをひろげたのもおぼえている。毎月一回の掲載で十二回つづく小説だった。仕事部屋のソファに腰かけ、まる二時間かけて十二回ぶんの大雑把《おおざっぱ》な要点をノートに書きこんでいった。要点といっても、「六月・出会い・裏切り」程度の私自身にしかわからない暗号のようなパラッとした文字の羅列《られつ》である。にもかかわらず十二回ぶんのメモを終えた瞬間、私はその小説を残らず書きあげてしまったみたいな虚脱感におそわれた。もうこれ以上書くことはない……。かくして二時間かけたこの執筆メモはなんの役にも立たずに終わった。

いま使っているノートは何冊目になるのだろうか。一冊使いきると、すぐに捨ててしまうので見当もつかない。小説やエッセー以外に自分の痕跡《こんせき》を残したくない私には、こうした使い捨てのノートは、気分的にとてもしっくりする。

ピンクの衣装

このところ社交ダンスが中高年層の人気を集めているらしい。そのきっかけになったのが、四十代のサラリーマンを主人公とした映画「Shall we ダンス?」だとも言われている。

この映画は私もとてもおもしろく観た。で、観終わってから思ったのは、「これからは社交ダンスがはやりそうだ」というのではなく、「ようやく社交ダンスが注目されるようになったなあ……」といった一種の感慨だった。私自身は社交ダンスはできない。やってみようと挑戦したためしもない。

ただ中高年層における社交ダンスの熱意はずっと以前から感じていた。しかし中高年のひとびとは、若者のように自分たちのやっていることを声高に語らないため、いつまでたっても水面下の動きにとどまっていたような気がする。映画「Shall we ダンス?」のヒットにともなって、その水面下の遠慮がちで、もぞもぞとした動きが、ようやく日の目を見、自信をもって活躍する場を与えられたのではなかろうか。門外漢ながら私もこのことを心から喜んでいるひとりなのだ。

十四、五年前のこと、私は札幌の広告会社に勤めていた。小説家に転職するまで三十代の六年間をすごした職場である。企画担当だった私に、ある日、高齢者むけのイベントの仕事がまわされてきた。イベントの内容案そのものから考えを絞りださなくてはならない、まったくの白紙状態の企画だった。私は頭をかかえた。高齢者を対象としたイベントなど、社内でも前例のない仕事だったため、資料も何もないのである。

頭をかかえつつ、それでも私は人づてにさまざまな所に話を聞きにいき、いろいろなひとびとにお目にかかった。やがてボランティアの一環として区民センターで社交ダンスを教えているMさんを、ある方から紹介された。Mさんは笑顔のチャーミングな丸顔の四十代の女性だった。ひととおり私の説明を聞いたMさんは、そくざに提案してきた。「それじゃあ、高齢者を主体にした千人の社交ダンスパーティーをしましょう!」

私はびっくりした。高齢者のダンスパーティー? 千人も? そんなひとはどこにいる? うろたえながら、思わず不安を口にしていた。するとMさんはこともなげに、しかし、きっぱりと断言した。「きますとも、千人ぐらいは。ただし男性のかずは足りないかもしれません」

Mさんの予言は本当だった。

イベントの当日、某ホテルのパーティー会場には二時間も前から参加者の長い列ができたのだ。参加者は圧倒的に女性が多く、六十歳以上の方々が大半を占めていた。人数は千人弱だったと記憶する。押しあいへしあいするうちに、ようやく開場の時間となりドアを開けた。ダーッと会場に突進する参加者に、何をそんなに急ぐ? と私は度肝を抜かれ、さらにパーティー会場を振り返って、またもや、たまげた。更衣室は会場の奥、を示す矢印があるにもかかわらず、その手間ひまを惜しんでか、柱のかげで裸になってダンス衣装に着がえている女性が、そこにもあそこにもいるのだ。ご自分はかくれているつもりなのだろう。が、丸見えになっている。私のほうが恥ずかしくて目を伏せた。

ダンス衣装は、なぜかピンクが多かった。それもフリルいっぱいの「お姫さま」ドレスで、フリルは頭の上にも飾られている。六、七十歳代の女性のピンクのフリルは、キレイのひと言ではとてもすまされないものがあったけれど、私は彼女たちの言葉にはならない言葉を感じ取った。

(私、一生にいちどでいいから、こういうのを着たかったの)

白昼堂々の、アルコール飲料なしのダンスパーティーは、それでも盛りあがった。参加者ひとりひとりの心の高揚感が、そのまま全体の盛りあがりになっていったのだ。

いまでも社交ダンスと聞くと、私は反射的に、あの日の、あの女性たちの、ピンクの衣装を思い出す。男性不足もなんのその、女性同士で楽しげにステップをふんでいたひとびとの、屈託のない笑顔がよみがえってくる。

父の日に

いちばん最初の子である私がうまれるとき、父は男の子がほしくて、男の子の名前しか考えてなかったという。しかし父の願いに反して私がうまれ、がっくりした父は、私の母や母方の祖母にいくらせっつかれても、落胆から立ち直れず、やむなく母と祖母が幼子の名前をひねりだしたそうだ。

この話は、私が物心ついて「どうして、わたしはこの名前なの?」と母にたずねるたびに、くり返し聞かされてきた。といって、これを語り聞かせる母の口調には、父を責めるニュアンスはこれっぽっちもなかった。がっくりして気落ちしている二十七歳の当時の父の姿を、あるがままに語っているだけといった印象だった。

その父自身は、五番目の男の子だから「五郎」と無造作につけられた自分の名前を、若年の頃はひどく毛嫌いしていたのだから、本当に人間の気持ちというのは、わからない。そういえば母も自分の名前が気に入らず、ずいぶんと長いあいだいきどおっていた。母の父親の名前から一字取ったという、そのことが気に入らないというのだ。これもまた、よくわからない。

私の名前の由来にかぎらず、ある年齢以上のひとびとは多かれ少なかれ、こうした「男子優先・女子は二の次」的な家庭内のあしらわれ方をしてきたのではなかろうか。もちろん社会にでると、もっとひどかったけれど。とりわけ男の子がほしい、という男親の傾向が一般的に強く、子供の頃から私はとても不思議だった。たいした器《うつわ》の父親でもないのだから、そのひとの子供もたいした人物になりそうにもないのに、どうして、あんなにも男の子、男の子と騒ぐのだろうか。それともトンビがタカをうむのたとえのように、万が一の場合にかけ、期待しているのか。かわいそうに。

兄弟のいる私の女友だちは、たいがい共通の不満を持っていた。

「兄（弟）は大学にいかなくてはならない。だから、お前は高校をでて働けって親が言うのよ。もし進学するにしても短大どまり、四年制の大学はだめだって。なんで兄（弟）のかわりに私が我慢しなくちゃならないのよ」

これはもう三十年も昔の話と思っていたところ、つい最近、似たような話を十代の女性から聞かされた。

「うちなんか、もっと極端で、私が実家に居つづけると、兄が結婚したとき実家にもどりにくいから、見合いして早く嫁にいけって親がうるさく言うんです。兄のために早く結婚しろって。いいえ、私のことを心配しているのじゃなく、ひたすら、兄のためなんです、親たちは」

しかし、牛歩のごとき進歩もないわけではない。

私の高校時代の同級生のなかに、昨年、祖父になったひとがいる。若くして父親になり、さらにその娘さんが若くして母親になったため、彼は四十代で「おじいちゃん」。ある集まりでその彼と隣席になり、私はたずねた。「お孫さんはどう？　女の子だったっけ」

彼は相好《そうごう》をくずした。「ようやく立っちができるようになってね。もう可愛くて」

ところが、彼の娘さん、つまり孫の母親が「女の子のくせに」という言い方で何かにつけて「差別的な叱《しか》り方」をするのだそうだ。

「おれはね、それはよくないって娘に注意したんだ。しかし、よく考えてみると、おれ自身が、娘の小さいとき、そういう言い方をして育てて、だから、娘も孫に対して、ごく当然のように、そう言ってるんじゃないか、と。反省しても遅いんだけど、おれが間違っていたんだよなあ。娘と息子のふたりの子供を対等に扱っていなかったような気がしてならない。それが孫にまで影響しているかと思うと、孫に申し訳なくてね。おれがいけなかったんだ」

彼はしんそこから、つらそうな表情でそう語った。無念でならないのだろう。

そして私はそのとき、おせっかいなことを考えた。十年か二十年後に、もし彼のお孫さんに会うチャンスがあったなら、いまの「おじいちゃんの言葉」を、そっくり彼女に伝えたい、と。

ふるえる手

ここしばらく忘れていたけれど、一時期の私は緊張すると激しく手がふるえたものだった。自分の意志ではどうにもならない。手首から先が、まるで別の生きもののようにふるえ、どうやってもとまらなくなるのだ。

そのため、初対面もしくはそれに近い相手と会うときは、差しだされたお茶やコーヒーには、失礼を承知のうえで、けっして手をださなかった。一緒に食事をしなくてはならない場合などは、苦痛をとおりこして拷問を受けている心境におちいった。

そうした時期のある日、尊敬する先輩作家とお会いする機会にめぐまれた。楽しいおしゃべりのいっときがすぎ、私たちの目の前のテーブルにコーヒーが運ばれてきた。

例によって私は心楽しい気持ちと同時に、とても緊張し、だからテーブルの下にかくした手は、こまかくふるえていた。

「どうぞ」と先輩作家は、にこやかに私にコーヒーをすすめてきた。

「はい、ありがとうございます」。そう答えつつも、私は手がだせない。コーヒーカップを持って無事に口もとまで運んでいける自信がないのである。しかし、そんな私を見て、遠慮していると思ったようで、ふたたび「どうぞ」とうながしてくる。手のふるえについて説明しているひまはなく、また誤解なく相手にそのことを伝える自信も、やはり、ない。ままよ、とばかりに私はコーヒーカップの把手《とって》に指をからませ持ちあげた。手はふるえながらも、かろうじて口までとどいた。ところがカップをテーブルの受け皿にもどそうとした瞬間、私の手はガクガクとふるえだし、どうやってももどせなくなってしまったのだ。まわりにいたひとびとはあ然とし、数秒の不気味な静寂ののち、ようやく助け舟がだされた。だれかが私の手からカップを取りあげ、受け皿にもどしてくれたのである。

いまとなっては笑い話だけれど、当時の私にとっては、手のふるえはけっこう深刻な問題だった。原因もいまだからわかる。OLから小説家への転職。それも、あまりにも急激な環境の変化へのとまどいが、手のふるえとなってあらわれたのだろう。実際、慣れとともにふるえは消えていった。

緊張すると手がふるえるのは、父から受けついだものらしい。その昔、父は友人たちと麻雀卓《マージャン》を囲んでいて、自分の手がすばらしくなってくると牌《パイ》を握る手がはげしくふるえ、そのたびに仲間に見破られて、くやしくも残念な思いをしたとか。麻雀に勝つには、まず自分の手のふるえをどうにかしなくては、と真剣に思案したという。

私のこうした手のふるえが、いったい、いつ頃からとまったのか、もはや、おぼえてはいない。そんなことがあったことさえ失念していた。

先日、高校生の姪が遊びにきて、ひとしきり「不利な自分の性分」を嘆いた。高校で試験があるたびに「あがってしまい、ひどいときは手がふるえて何も書けなくなる」のだそうだ。「だからいくら勉強して試験にのぞんでも、自分の力を思う存分、発揮できたと納得できたことはいちどもない」のだそうだ。この言いぶんは、大学受験を来春にひかえた姪の「だから、どういう結果になっても仕方がない」という意味の予防線と聞こえなくもないけれど、しかし、手のふるえは、まんざら嘘《うそ》ではないらしい。姪の母親、つまり私の妹には、こうした癖《へき》はない。

ここにきて父から私へ、私から姪へとつづく流れははっきりした。しかし、うれしくもなんともない。「かわいそうに」と姪に言うしかなかった。「おばさんと同じね」。そう付けたしたものの、どうやって姪を慰めたり、知恵をさずけたりすればいいのか途方にくれた。「……つまり、おばさんと同じということは……あなたもいずれ私のようになるかもしれない……」。すると姪は「キャハハハ」と、ばかにしたように笑いとばした。そのやりとりを横で聞いていた中学一年の甥《おい》が不思議そうな顔で、まじめに私にたずねた。「前々から思ってたんだけど、おばさんって、なんの仕事をしているの?」

梅雨と吹雪

私が住んでいる北海道には梅雨《つゆ》の季節がない。

そのため東京方面に住む友人知人から、梅雨どきのうんざりする日々について聞かされても、いまひとつピンとこなかった。

「暑さがそれほどでない日でも、湿度が高いから、じとっと肌が不快に汗ばんでくるのよ」

「押し入れを閉めきっておくと、なかにカビがはえちゃうわけ」

「除湿器はこの時期の必需品なのね」

友人たちがかように嘆く梅雨どき、それとは反対に北海道は、カラッと晴れわたった爽快《そうかい》な初夏を迎えるものだから、ますます梅雨のうっとうしさが想像しにくくなってしまう。

北海道には梅雨がない、と乱暴に言いきったけれど、蝦夷《えぞ》梅雨なる言葉はあるらしい。短歌や俳句に使われる季語で、東京方面の梅雨と区別するためだとか。蝦夷梅雨の時期は六月の末頃、とものの本に書かれてあり、そう言われれば六月の下旬はわりあいと雨がぱらつくな、とあらためて気づかされた。ようやく気づくぐらいの雨量であり、しかも湿気はほとんど感じないのだから、やはり、これは東京方面で言うところの梅雨にはあてはまらないだろう。

三十代も後半になって、はじめて梅雨の季節を体験した。梅雨のまっただなかにあるその時期に、所用で東京へでかけたのである。本当に友人知人がこぞって嘆いていたとおりだった。暑いというよりも、むしろ肌寒いぐらいの日でも肌が不思議と汗ばんでくる。妙にしつこくて、キレの悪い、べとつく汗だった。冷や汗に近いな、と私は思ったものである。また空気全体に息苦しさを感じた。空気中の酸素がたりないような、吸っても吸っても肺に空気が流れこんでこないような……。

しかし私はひそかに感動もしていた。ああ、これが梅雨なのか、こういうのが梅雨というのか。なるほど、そうだったのか。が、感動は口にはだせなかった。東京在住の友人たちが、わざわざ梅雨どきめがけてやってきた私に、いたく同情してくれたからだ。

「よりにもよって、こんな時期に札幌からくるなんて大変だったでしょう。体調をくずさないようにね」

口々に慰めてくれるのだから、梅雨の初体験にバンザイ、などという本心は言えるものではない。

そういえば、真冬にテレビのニュースで、ある体験ツアーを放映していたことがあった。これは雪国を知らないひとびとを対象にしたもので、その名も「厳寒・吹雪体験ツアー」。

ぼんやり画面を眺めていた私は、そのうち、おなかをかかえて笑ってしまった。

ぶ厚い防寒着で雪だるまみたいに着ぶくれしたリッパな大人たちが一列になって、猛吹雪の平原を、風にあおられ、大雪に足もとをすくわれながら、歯をくいしばり、寒さに顔を真っ赤にして、よろけつつ行進をしているのである。吹雪は、これでもか、まだこれでも歩くのか、とばかりに、ひとびとの顔を、体を、たたきつける。だが、参加者は唇を一文字にきつく引き結び、吹雪が吹きつけるその方向にむかって黙々と前進してゆくのだ。忍耐強くも厳粛な表情で。

なんと、まあ、酔狂な、と雪国暮らしの私は笑ってしまったけれど、一瞬後にはわれに返った。梅雨の初体験にバンザイした私と、このひとたちに違いはあるのか。むろん、違いはない。

以来、私は夏の訪れとともに北海道におみえになる観光客の方々を、前よりはやさしい気持ちで迎えることができるようになった気がする。「時計台はどこですか?」と、まさにその時計台の下できかれても、にっこり笑って「ここですよ」と返答できるし、地元・札幌ではちっとも評判ではないラーメン屋さんの店先に、観光客ばかりの長い行列ができていても「ここはよしたほうがいいですよ」と耳打ちしたくなる衝動も、しぜんと消えた。「ま、何ごとも体験ですものね」と遠くから微笑する私は、果たして寛大になったのか、意地悪になったのか。

夏休み

カレンダーが七月に入り、私の住む札幌もようやく夏めいた天候と気温の日々がつづくようになってきた。

なんとなく、うれしい。

朝、起床して室内が寒くない、というだけで体がのびのびするし、澄みわたった青空が午前中のうちから窓のそとにひろがっているのも、きょうはいいことがありそうだという漠然とした希望を与えてくれる。実際は、いつだって何もいいことはないのだが、そこはかとない希望をもたらしてくれるというだけでも、うれしい。

窓を開けると、どこからともなく草のにおいが流れこみ、夏だなあ、としみじみ感じ入りながら、めいっぱいそのにおいを吸いこむ。すると新鮮な空気をたくさん吸いこんだため、突如として健康体になったような、そんな喜ばしい錯覚につつまれる。

二階の自室の窓からそとを眺めると、近くの保育園の園児たち十数名が手をつなぎ、保母さんたちと一緒にお散歩をしている。家の前の通りのむこう側の道を、ゆらゆら、ぞろぞろと散策し、ときおり、小さな首をそらせ青空にむかって訳もなくニカッと笑う。もしかすると小さな虫でもとんできたのかもしれない。園児たちの、いたいけな姿と上機嫌な顔つきを見ているだけで、こちらまで邪念が薄められた幸福感をつかのま味わう。

こうした、ごくささいな浮かれた気分は、夏のあいだ中つづく。七、八、九月の三カ月間である。

願望としては、この三カ月間は仕事をしたくない。この場合の仕事とは、小説執筆のことで、しかも私が仕事机にむかうのは午後一時から午後六時まで(のうち三時間）と決まっているため、せっかくの夏の昼さがりがすべて仕事でつぶされてしまう。午後ではなく夜に仕事をしたら？　と言われそうだけど、そう簡単に、臨機応変に融通のきく体質ではないのだ。

三カ月の夏休みがほしい、とだれかれなしに打ち明けると、必ずきき返される。「旅行にでも？」。それでなくても出無精な私なのに、どうして、こんな暑い最中に旅行へいくと思うのだろうか。私は暑さにも、寒さにも、等しく弱い。さらにアウトドアライフなるものには、まるで関心がないし、ゴルフも釣りも水泳もできないし、また、やってみたいとすら思わない。

三カ月の夏休みに私が望むのは、はたから見れば、たわいない内容だろう。「小説について考えずにいられる、ぼんやりとした長い時間」というのが、それなのだ。何も考えずに、まるまる三カ月をすごしたい……。この願いは数年前から、ひそかな恐怖とともにうまれてきた。当時、私はくる日もくる日も小説書きに追われ、それでなくても才にとぼしい脳を酷使する状態にあった。疲れはてている思考力にムチ打って原稿用紙に文字を埋めつづけていた。そんなある日、私の脳がなくなった！とはっきり感じた恐怖の数日間が襲ってきたのである。なくなったとしか言いようのないぐらいの「ポカーン」だった。そのときは一週間、一行も書かずにいて、ようやく思考力がもどってきたけれど、以来、脳の疲れ具合が少し自覚できるようになったのは幸いと言うべきなのか。

その私の脳が、お願いだから夏の三カ月間は休みたい、と年中ささやくように訴えてくるのである。

昨年は、どうにかスケジュールを調整して夏休みがとれるはずだったのだが、執筆とは関係のない用事に追われるはめになり、結局、あまりぼんやりした時間はすごせなかった。すると、やはり私の脳は「疲れた」と悲鳴をあげたものである。今年は、うまくいくと、もしかすると可能かもしれない……というのも、夏のために、これまでずっと書き溜めをしていて、毎月の二つの連載が十二月分までおおかた仕上がりそうなのだ。ところが、私の心にちらっとよぎったその安堵《あんど》のつぶやきが、いち早く脳に伝達されてしまったらしく、ここにきて急に脳の働きがにぶくなってしまった。「もう、お休みしていいね」。そして私の脳は、この一週間ほどわき見もせずにミステリーに没頭している。最終回の原稿書きが、一回ぶん手つかずのまま残っているというのに。

祖父の恋

私の母方の祖父は七年前に他界した。明治うまれの九十歳だった。その死に際は、まことにあっけなく、風邪をこじらせて入院してから一週間とたたないうちに旅立った。後半の二、三日は意識不明で、苦しむこともなく、見守る子供たちに別れを告げるでもなく、ただ眠るように息を引き取った。しかも入院するまでは、いたって五体健康にぴんしゃんとし、ボケからもほど遠い鋭い憎まれ口をたたいている祖父だった。祖父が亡くなったとき、母たち兄妹も、孫の私たちも、ひそかにうらやんだものである。願わくば祖父のような末期《まつご》を迎えたい、と。その人生のぎりぎりまで元気いっぱいで、まわりに介護の世話もかけず、そして病魔に苦しむことなく、眠るように人生を閉じることができた九十歳とは、私たちの願望のひとつではないか。

祖父のつれあいは、その六年ほど前に亡くなっていた。晩年の十年の祖母は、寝たきりではないにしても、窓際の置物という状態で、食事から下《しも》の世話まで、すべて祖父がかいがいしく面倒を見ていた。祖母の世話の大変さについて、祖父が愚痴《ぐち》めいたことを口にすることも、ほとんどなかった。七十年近く連れ添ったつれあいと死別してから三年後、八十七歳の祖父は突如として、とある女性と同居しはじめた。相手は六十代後半の、女手ひとつで必死に子供たちを育ててあげてきたという、そういう女性だった。ふたりが知りあったのは病院、どちらも入院患者として顔を合わせているうちに親しくなったという。

これは私の勝手な憶測だけれど、最初にのぼせたのは祖父のような気がする。その病院に入院中の祖父を、いっぺんだけ見舞った際、祖父は孫の私にむかって、しきりとくり返した。「ぼくはね」「ぼくとしてはね」。何かヘンだった。これまでの祖父は「ぼく」などという言い方はしなかったのだ。「わたし」とか「おれ」

とか「わし」にとどまり、けっして「ぼく」のレベルまで若返りはしなかった。「ぼく」の連発で私を面食らわせてから半年後、祖父はくだんの女性と一緒に暮らしはじめた。そして三年後、祖父が亡くなったときもその女性は祖父と同居中。が、ほどなく女性は、祖父の家をでて、ご自分の長男のもとに身を寄せたと聞く。

じつは私の手もとに祖父の直筆による誓約書の写しが二通ある。最初はふたりが同居して四カ月たった頃に書かれたもので、要約すると「ふたりが同居して三年たったときは、彼女に勤労慰労金として一千万円を与える。ただし祖父が三年以上存命した場合、彼女は年数は無制限しかも無報酬で祖父の世話をする。祖父が亡くなったときは、すみやかに他に転居すること」。この誓約書の署名は祖父と女性のふたりになっている。二通目は、それから一年三カ月後のもので、署名欄には祖父と女性、女性の長男の三人が並ぶ。二通目の誓約書は、一通目のそれとは違い、祖父の惚《ほ》れた弱みがもっと明らかにされている。勤労慰労金については、三年たたずして、すでにその時点で女性の名義で「預金」されているのだ。さらに女性のほうが祖父より早死にした場合は、慰労金の半分が、彼女の長男にわたされる。ただ、女性が一方的に祖父と「別居」したときは、一円も支払わない……。

この二通の誓約書をじっと眺めていると、八十代後半の祖父と六十代後半の女性の、それぞれの思惑や駆け引き、いかに自分の側に有利に持ってゆこうかとする計算や打算が、じんわりとあぶりだされてくるようで、とても興味深い。祖父と相手の女性にとっては、いかなる男女関係であろうとも、まず金ありき、が当然であり、それをふまえたうえでの愛情うんぬんだったのだろう。しかし八十七歳で女性と同居した祖父の気持ちが、どうしても私にはわからない。そういう勢いこそが、恋というものの魔力なのだろうか。だが、やはり、ちっとも、私はうらやましくはない。こう言うと、どこかから祖父の声が聞こえてきそうだ。「きみが八十七になったときに、もういちど感想がききたいね」。そう、私も言ってみたい。

獣医さんの待合室

　三歳になる犬を飼っているため、年に少なくとも三回は動物病院のお世話になる。病気予防薬のための三回で、狂犬病の注射、フィラリア症の飲み薬、そしてジステンパーや肝炎の混合ワクチンの注射をしてもらう。わが家の犬にとって、動物病院は恐怖の場所そのものである。家から一歩でたときから、ふるえがとまらなくなり、それは帰宅するまで休みなくつづく。

　この春も狂犬病の予防注射をしてもらうため、犬を抱いて動物病院にでかけた。待合室には犬や猫をつれたひとびとが十人ほどいた。やがてわたしの犬の番になったとき、診察室のドアを開けた獣医さんは、こう呼んだものである。

「狂犬病の予防注射のトードーさん、どうぞ」

待合室には私以外のトードーさんがいたのかもしれない。けれど、どういう用件できたのか、の前置きをつけて名前を呼ばれたのは、はじめてだった。「胃腸病の犬をつれてきたトードーさん、どうぞ」などとは、これまでいちども言われたためしはないのだ。さらに気のせいか、獣医さんがそう言ったとき、待合室には一瞬の奇妙な沈黙が流れた。

やがて予防注射をすませて、ふたたび待合室にもどった私のそばに、私と同年配の女性が小声で話しかけてきた。初対面の相手である。

「あのね、狂犬病の予防注射なんてすることないわよ。むだよ、むだ」

「……?」

「うちの犬は十歳と十二歳になるけど、これまで、いっぺんも狂犬病の注射なんてしたことないの。でも、見て、元気いっぱいよ。注射代がもったいないじゃない?」

女性のそばには、鼻ぺちゃの、まんまるい目の小型犬二匹が、うるんだ愛らしい目で私を見あげ、しっぽをふっていた。

なるほど、とようやく私は合点がいった。さっきの獣医さんの、用件つきの呼び方は、こういう飼い主にわざと聞かせるためのものだったのか。しかし獣医さんにとっては、この女性は困った飼い主かもしれないけれど、私からすると心強い先輩飼い主である。狂犬病の予防注射をしなくても、十歳、十二歳まで長生きをする犬がいる、という事実を知っただけでも、うれしい。といって、わが家の犬も来年から予防注射をやめるつもりは、まったくないけれど。

動物病院の待合室には、この女性のような親切（？）で、ひとなつっこく、話し好きな方々が、たいがい、ひとり、ふたりいて、私の楽しみになっている。犬がまだ幼くて病弱だった頃は、ずいぶんとそういうひとびとからアドバイスをもらったり、不安を解消してもらったりもした。

十数年前に別の犬を飼っていたあいだも、しょっちゅう獣医さんのもとに通いつめていたのだけれど、そこは、いま通っている病院とは違い、病院の規模も小さく、獣医さんもひとりきりだったので、待合室らしきスペースもなかった。そして私も動物病院とはそういうものと思っていたのだけれど、三年前から現在の病院に通い出し、待合室でかわされる会話に心ひかれて、さらに、さまざまな犬や猫に会える楽しみもあって、結局、この病院ひとすじになっている。二十四時間態勢で急患を診《み》てくれるのも心強い。私も何回となく真夜中のお世話になった。

これもまた待合室で見聞きしたことなのだが、犬や猫の高齢化も着実に進んでいるようだ。二十歳近い犬や猫が、いろんな持病をかかえて飼い主につれられてくる。加齢にともなう足腰の弱りから、聴覚障害、白内障、心臓病、癌《がん》など、人間と変わらない、ありとあらゆる病名を耳にし、私もいささか怖《お》じ気《け》づいた。わが家の犬も長生きはしてほしい。けれど高齢になって目も見えず、耳も聞こえずという状態になったとき、私は一体どうしてやればよいのだろうか。犬をリュックに入れて、犬の顔だけリュックのくちからだし、そうやって一日中、背中におぶっているしかないのか……。リュックだけは、すでに買い求めてあるのだけれど。

素面の効用

　ここ三、四年、外出先でアルコール類を口にすることは、まったくなくなった。まったく、と言いきってしまえるぐらい飲んでいない。食事のときのワインや日本酒も、すみやかにパスする。

「体でも悪いのですか」

と、以前の私を知っているひとびとは心配顔で必ずたずねる。私は正直に答える。

「そとでお酒を飲むのはやめました。家で寝酒はしますけれど」

するときまって問い返される。

「つらくはないのですか？　まわりがみんな飲んでいて、ひとりだけ素面《しらふ》というのは」

ちっともつらくない。つらくないから三、四年ものあいだつづいている。

そとでアルコール類は飲まないでおこう、と決心したきっかけは、ささいなことだった。

ある夜、私が尊敬する人生の先達《せんだち》ともいうべき方々と酒席をともにする機会があり、私の胸は感動と期待でいっぱいになっていた。どの方からも学ぶことは多く、何げないひと言ふた言でも、私にとってはその場で書きとめておきたいぐらい貴重な言葉のかずかずなのである。だがアルコールが入ると、どうしても集中力が散漫になり、記憶力もにぶくなる。

もったいないではないか、とそのとき私はふいに思ったのだ。せっかくのお話を、このチャンスを、ほろ酔い機嫌で聞き流すのは、あまりにも、もったいない。

かくして数人の先達と同席していた三時間ほど、私はウーロン茶をウイスキーの水割りといつわり、アルコールは一滴も飲まずにすごした。その結果、お話から得た感動は翌日も、翌々日も鮮明なまま私の記憶に残り、さらに会話のなかの微妙なニュアンスさえも、私の耳と目と脳にしっかりと刻みつけられた。酔っていたなら聞きのがしたり見のがしたりするに相違ない、ごく淡いニュアンスだった。私はこれに味をしめた。人生の持ち時間をきっちりと、有効に、漏れなく使いこんでいるといった充実感と手ごたえを感じたのだ。また、そう感じた背景のひとつには、アルコールに酔いしれて、開けっぱなしの水道の蛇口のように、漏れつづけていた私の短くはない年月がある。

かくして外出先の飲酒をぴたりと断《た》った。どうあっても飲まない、といった一大決心ではなく、飲みたくなったら飲めばいい、というルーズな自分への約束が、かえって功を奏したらしく、飲みたいとすら思わずに三、四年がすぎている。

これは、やはりトクをしたようだ。

編集者と会っても、アルコールの作用に影響されて原稿を引き受けるという過ちをおかさなくなったのも、そのひとつだろう。酔うと気が大きくなるか、うんと気が弱くなり、ついつい原稿依頼をOKしてしまうのが、それまでの私だった。

また飲みぐせの悪いひとを、すばやくキャッチし、そばに近づかないようにできるのも素面でいるおかげだろう。からまれないですむ。さらに酩酊《めいてい》した自分が、どれほどバカげたことをやったのか、とあとで頭をかかえずにすむのも、精神衛生上とてもいい。

加えて酔っていない聴覚は、隣の席の赤の他人の会話までしぜんと拾いあげ、女性が男性を口説《くど》く方法とか、もつれた恋愛の打開策とか、不倫の後始末のつけ方とかを、耳だけで学ばせてもらう利点も、けっこう、あなどれない。酔って会話に夢中になっているカップルは、自分たちで思っている以上に大声になっているらしいことも、酒席の耳学問で得た教訓のひとつだ。

素面で宴席にいつづけ、夜もふける頃になると、きまって私にダメ押しをしてくるひとがいる。「どうですか、ここでもう寝酒をはじめたら?」

そういうわけにはいかない。湯あがりで、パジャマを着て、歩いて数歩の所にベッドがあって、CDがクラシックを流していて、電話は留守番用に切りかえて、自分ひとりきりの部屋で、という、いくつもの条件がそろって、そこで、ようやく口にできる寝酒なのである。

惣菜売り場

デパートの惣菜《そうざい》売り場へいくと、いつも、きまって胸がわくわくする。なぜなのか、わからない。たぶん、私自身ではわからないふりをしていたのだと思う。ただ数年前に耳にした同年代の女友だちの言葉が、やはり、必ずよみがえってくる。

「みんながまだあれがほしい、これを買いたいって、洋服とかアクセサリーに関心を示すけど、正直言って、私はもうそんなものに関心ないな。私が胸をどきどきさせるのはスーパーマーケットよ。週に二、三回はいくけど、いくたびに、ほんと、胸がときめくわけ。ここに並んでいる食材を全部、いつか、きっと食べてやるって意気込むの。ま、早い話、色気より食い気に走りだしているのよね、私は」

　スーパーとデパートの惣菜売り場の違いこそあれ、おそらく私も彼女とほぼ同じ心境になりつつあるのだろう。考えてみれば、用足しに街中にでかけたついでに立ち寄る所といえば、まず、まっ先にここである。書店やブティックをのぞきもするけれど、欠かさず寄り道するのはデパートの惣菜売り場。時間帯は、夕方が楽しい。活気づいているからだ。買いもの客でごった返し、通路も思うように歩けないぐらい込みあっている、その活気がいい。


　私の場合、きょうはこれを買おう、という予定や心づもりはなく、ぶらぶらと売り場を見てまわるうちに購買意欲がわいてくるパターンが多い。その意欲をそそってくるのが売り子さんたちの呼びかけの声。特に夕方は、残りなく売ってしまおうという、ただならない熱気が、売り子さんたちの顔にも声にもあらわれていて、つかのま、私は見とれて、聞きほれてしまう。

「奥さん、このキンピラ、絶品だよッ。この切りぼし大根も、ほかではだせない味ッ」

惣菜売り場の売り子さんたちは、おおむね四十歳以上の女性たちで、声を張りあげ、化粧した顔を汗ばませ、ベテランの主婦歴を思わせる雰囲気のひとびとが大半で、だからこそ、私などは「彼女があれだけ熱心にすすめるのだから、ぜったいにおいしいに違いない」と信じてしまう。不思議なことに、十代、二十代の若くて、きれいなお嬢さんたちは、惣菜売り場の売り子さんには適さないという気がする。シューマイ、春巻き、ハム、ソーセージのたぐいまでは、まあ、お嬢さんたちにもこなせるだろう。けれど、ヒジキの煮もの、ホウレンソウのゴマあえ、ふろふき大根などを指さして、お嬢さんたちが「おいしいですよ」と可憐《かれん》にささやいても、私にはちっともリアリティーがないのだ。

年配の女性が、化粧くずれもいとわずに、大声でわめきちらし、「本当においしい？」と聞くや間髪《かんはつ》を入れずに「おいしいッ」と自信たっぷりに断言してこそ、おいしさの真実味が増す。また客にむけて、言いすぎないのもコツのひとつかもしれない。年配の女性たちは、同性の年齢をきっちりと見きわめる。いつだったか、男性の売り子さんに私は声をかけられたものだった。「お嬢さん」。この私にむかってである。四十代も後半の私に対してである。お世辞もここまでくると、イヤミでしかない。

また私のいきつけの惣菜売り場の一角には魚の干物コーナーがあり、ここもはやっている。ここの干物は確かにおいしいのだが、それよりも客の心をとらえているのは、レジ前に陣取っている赤銅色《しゃくどういろ》の肌をした、精悍《せいかん》な面がまえのおじいさんのように思われてならないのだ。見るからに、若かりし頃は威勢のいい漁師であったような、白のダボシャツに腹巻きをしたおじいさんは、そのまわりを取り囲む干物と、とてもしっくりと馴《な》じんでいる。このおじいさんが口やかましい。私が買いものをした際にも、私には取ってつけた笑顔をむけつつも、手伝いの年配の女性を小声でどやしつけていたのである。いかにも気短かで癇《かん》しゃく持ちらしい鋭く容赦ない叱責《しっせき》の仕方だった。そのせいか、見るたびに手伝いの女性がかわっている。どの女性も浮かない顔つきでおじいさんの傍らに立っている。この先どうなることかと、その売り場に寄るたびに、遠くから爪先立《つまさきだ》って眺めている私もいる。

ラジオ体操

朝の六時半、両親と私の三人暮らしのわが家の朝食がはじまる頃、通りを一本はさんだ小学校の校庭のスピーカーが、突然、大音響を発しだす。

「みなさん、おはようございます。ラジオ体操の時間です」

NHKのラジオ体操の放送が、そのまま校庭のスピーカーにつながれる。すでにそのときには夏休み中の近所の子供たちが校庭に集まっている。子供たちだけでなく、年配の男女や、お年寄りの姿も、ちらほらまじっている。わが家の窓からは、ひとびとの背中ばかりが見える。大音量の校庭のスピーカーから聞こえてくるのは、元気に張り切った、そして、朝からよくもこんなに晴朗な声がだせるものだ、と感心するしかない男性の声である。

「さあ、最初は背すじの運動です。はい、うんと伸ばして、大きく息を吐きだしましょう、はいッ」

朝ごはんを食べながら、毎日毎日これを聞く。別に耳を傾けなくてもいいのだけれど、スピーカーがラジオ体操をやっているあいだ、結局、私はひと言も発することなく、じっと聞いている格好になる。トマトを口に運びながら、卵豆腐をすすりながら、その心中は、はっきり言って滅入っている。

その昔、小学生だった私は、夏休みは大好きだけれど、ラジオ体操にはうんざりだった。体操そのものは少しも嫌いではない。けれど早起きして身支度し、六時半までに近くの指定の場所に集合しなくてはならないのが、苦痛でたまらなかったのだ。だいいち、ラジオ体操のために、ふだん学校にいく日よりうんと早起きしなくてはならないというのが、子供心にも理不尽に思えて仕方がなかった。せっかくの夏休みなのに、これじゃあ学校のある日よりずっとつらいではないか。

夏休み中のラジオ体操参加が、当時の小学生に義務づけられていたのかどうかは、さだかではない。しかし、わが家では、それは強制的なものだった。むりやり母に起こされる。不眠症といっていいぐらい寝つきの悪かった私は、朝、体調のよいときはめったになく、だから、本当につらかったのだ。いま思い出しても、つらい。ラジオ体操が中止になる雨の日は、どれほどうれしかったことか。布団のなかで雨の音を聞いた朝の、あの喜び……。

そんな私とは反対に、その頃、幼稚園児だった末の妹は、ラジオ体操に燃えていた。妹は上の姉ふたりが、小学校からもらってきたラジオ体操の出欠スタンプ帳がうらやましくてたまらず、ついに母に手製のスタンプ帳をこしらえてもらったぐらいだった。そして朝の六時すぎ、母に起こされて、私がようやく目をさましたときには、妹はすでにいない。とうに家をとびだして、ラジオ体操の集合場所に一番乗りをしている。

その年の夏休みの最後の日、私たち三姉妹はそれぞれのスタンプ帳を見せあった。もっとも欠席日数の多いのは私、すぐ下の妹は一回の欠席、そして幼稚園児の末っ子は、どこの、だれにスタンプ帳を提出するあてもないのに、一日たりとも休まずにラジオ体操に参加していた。確か私たち小学生は担任の先生にこのスタンプ帳を見せなくてはならなかったように思う。末っ子の見事なスタンプ帳を目の前にして、小学生の私は、またしても理不尽なものを切々と感じたのだった。

四十年たった現在も、あの日感じた理不尽にして、何か、漠然と、人生とはこういうものだろう、というため息まじりの気持ちは、胸のすみに眠っていたらしい。毎朝、両親と三人きりの食卓につき、校庭からひびいてくるラジオ体操の掛け声を聞くともなしに聞いていると、夏休みの早起きの苦痛と、スタンプ帳を誇らしげにかざす末の妹のうれしそうな顔が、ついこの前のことのように思い返されてくる。すごいねえ、と私はあの日、心から妹に感心して言った。

「どうやっても、そんなこと、私にはできないもの」。どうにかして寝つきがよくなりたくても、布団のなかで過敏に神経を高ぶらせている私がいた。そのため早起きができないという毎朝のくり返し。そこでもまたおのれの努力の限界を痛感した夏休みだった。

同期会

高校を卒業してから三十年目ということで、この夏も地元・札幌で同期会がひらかれた。

高校の同期会は昨年も、一昨年もおこなわれ、さらに五年前、九年前にも集まっている。もっとさかのぼると、いちばん最初の同期会は、三十代に入ってまもなくだったように記憶する。

また同期会ではなく、それよりもぐんと小規模のクラス会なら、卒業した二、三年後からひらかれ、二十代のあいだに数回はやったと思う。あらためてこう書いてみると、けっこう、しょっちゅう集まっていたことに驚く。

ここ十年ほどは同期会の幹事役の顔ぶれがしぜんと決まってきて、その五、六人の中心グループが、すべてを仕切ってくれている。幹事をやったからといって、見返りは何もない。ご苦労さん、のひと言だけである。私は幹事役でもなく、中心グループのひとりでもないのだけれど、なんとなく、ほとんど毎回集まりにでている。

札幌北高校が、その出身校である。男女共学の公立校で、同期生は約五百五十人。ひとクラス五十五人で十クラス、そのうち女生徒は二百人弱という構成だった。卒業後は全国各地にちらばっているものの、やはり札幌に居つづけているひとびとが多い。地元・札幌に居る、すなわち親と一緒に暮らしているひとが、私をふくめて少なくはない。そのせいか、ここ数年は同期会に出席するたび、親の病気と入院の話題が必ずでる。別に眉《まゆ》をひそめあう暗い雰囲気の会話ではなく、こうした場合はどうすればよいか、といった情報交換の場になっている、いまのところは。だから同期でお医者さんになっているひとなどは、とてもモテる。みんなが万が一のときのためにと、彼の名刺をほしがるからである。かくいう私も、しっかり一枚もらっておいた。しかし、同期会にでて、こういう話題に熱中するようになるとは、十年前には考えられなかった。

思えば三十代に入ってまもない一回目の同期会の際、外見上の年齢のとり方には、いちじるしい個人差がある、と私はびっくりしたものだった。同期生の父親？ と目を疑った相手もいた。そんな私の横で女友だちのひとりはつぶやいた。「三十代になって、なんだか男のひとたちは落ち着いてきたみたいね。二十代の頃って、私たち女を見る目がひどくギラギラして、私、とてもいやだった」

三十代の後半の同期会では、いくらか、あやしい空気が、そこかしこに漂った。高校時代のひそかな想いを告白する最後のチャンスとばかりに、お酒に酔った人妻が、二枚目気取りの男性が、あっちでも、こっちでも、いちゃつく光景が見られた。「私、今夜はずっと一緒にいてもいいの。子供たちは実家にあずけてきたから」。また、男性のなかには、ナンパした女性のかずを得々と自慢しているバカタレもいた。

四十代を迎えてすぐの同期会では、心なしか、みんなの表情に疲れを感じたのは、私だけだろうか。あとで考えてみると、子供の高校や大学の進学の時期とかさなっていたのかもしれないと思う。

一昨年の集まりの頃から、男性たちの脂っ気がぐんと抜けてきたような気がする。それでも出席した女性陣の、何かがふっ切れたような平穏なたたずまいとくらべると、まだまだ何かにあがいている気配が濃い。これは私だけの感想ではなく、男性のなかにも同じようなコメントを口にしているひとがいた。

「なんだか女のひとたちのほうが、ぐんと聡明《そうめい》というか、老成しているように見えるね」

同期会にでるたび、私はしみじみ思う。みんな束《たば》になって同じように年を取ってゆく安心感があるな、と。同期会以外では味わえない安心感……。

だが、この夏の同期会で、私の体力の何倍もありそうな、これまで元気いっぱいだった男性が、つい数カ月前に狭心症と診断されたことを知った。見たところは、これまでと変わらずに快活で健康そうなだけに気の毒でならなかった。しかし来年の同期会では、私自身が気の毒がられる側にまわっているかもしれないと、本気でそう思ったりもする。

留守番電話

自分以外に電話番をしてくれるひとのいない私にとっては、留守番電話は、もはや生活の必需品である。

一日のうち何回となく留守番用のスイッチを入れたり、切ったりする。近くのスーパーに買いものにいくとき、台所で食事の支度をするあいだ、お風呂に入るとき、そして就寝の際にも必ず留守用にセットする。

呼びだし音のあとの応答メッセージには、

「はい、トードーです」

と、きちんとこちらの名前を告げてあり、それも、けっして早口でも小声でもないつもりなのだけれど、それでも間違い電話が吹きこまれていることが多々ある。

夜の十一時すぎだった。

編集者との打ちあわせと会食をすませ、くたくたに疲れて帰宅した私は、電話機の留守ランプが点滅しているのを見て、録音されている用件を聞くために再生のボタンを押した。そのとたん、私は大声で叱られた。

「こんな時間まで、どこをほっつき歩いてるんだッ。きのうもおとといも、何回も電話したのに、ぜんぜんつかまらないッ。いいか、もう、許さんからなッ」

びっくりしてしまった。声から判断するに四、五十代の男性なのだが、まるで心当たりがない。友人知人の声なら、おおよその見当はつくのだけれど、その声は、記憶にあるどれともむすびつかないのだ。しかも相手は、自分がだれなのか、名乗ってもいない。

私は、化粧を落とすのも風呂に入るのも忘れて、呆然《ぼうぜん》と仕事部屋のソファに腰かけつづけてしまった。もしかすると、いつか、どこかで、だれかを、ひどく怒らせてしまったのかもしれなかった。そのひとが、いまになって怒りもあらたに、私に抗議の電話をかけてきたのかもしれない……。本気でそう思った。というのも、私の職業柄、まったく見ず知らずの方から、お叱りや抗議の手紙をいただくことが少なくなく、その電話も、あるいは、と思わざるをえなかったのである。そのくらい留守用テープに吹きこまれていた声は怒り狂っていた。

翌朝ベッドから起きだしてみると、セットしておいた留守用のランプが、またチカチカしているのが目にとまった。私は脅《おび》えながら再生ボタンを押した。昨夜の男性からの第二報かもしれなかった。

だが聞こえてきたのは、私と同年配とおぼしき女性の、やんわりとたしなめる口調だった。やはり聞きおぼえのない声だ。

「おかあさんです。早くおとうさんに電話して謝ってください。そっちから連絡しないのがいけないのだからね。わかったわね？　レイコちゃん」

この電話と昨夜の男性の怒鳴り声の電話が、私の頭のなかで一本につながるまで数分を要した。どちらの電話も「レイコちゃん」なる娘さんと私を間違えているに違いないという結論に達するまでに。しかし「レイコちゃん」のおとうさんもおかあさんも、呼びだし音のあとのメッセージである「はい、トードーです」に、なんの疑いも持たなかったのだろうか。同じトードーという名字なのかもしれない。そこまでは、わかる。けれど、メッセージは、私自身の声で録音してあるのである。トードーです、と言ってからも「ただいま留守をしております。ピーという音のあとに――」というふうに長くしゃべっている。しかも私の声質は、どう自惚《うぬぼ》れても若やいだそれではなく、四十歳以下に思われることは、これまでの経験からもぜったいにない。

ご両親の声から察するに、「レイコちゃん」は十代後半から二十代の娘さんだろう。なのに「レイコちゃん」のご両親は、応答メッセージの声を聞いたにもかかわらず、自分たちの娘さんと勘違いしているのだ。あるいは「レイコちゃん」の声は、年齢よりもぐんと老けているのだろうか。私の声やしゃべり方にそっくりなのだろうか。

間違い電話というのはちょくちょくあるけれど、留守番電話に吹きこまれた、しかもご夫婦そろって前編・後編とつづくそれは、いまのところ、これをおいてほかにはない。

ペンネーム

「とうどう・しづこ」はペンネームである。

十年前、ひょんな成りゆきから私のデビュー作をK社から出版してもらうことになり、その際に、名前はどうしますか、と先方の編集者からたずねられた。「ペンネームを使われてもかまいませんし、本名でもよろしいですよ」という当初の話だった。

当時、会社勤めをしていた私は、まさかそのデビュー作がそのまま小説家の道に結びつくとは考えもしなかったので、なんの迷いも、ためらいもなく答えた。

「本名でいいのではないでしょうか」

しかし、その返答に対し、K社側の上のほうからクレームがついた。

「やはり、ペンネームを使いたいですね」
つまり私の本名と、書いている小説内容がしっくりしない、ということらしかった。本名へのこだわりもなかった私は、そくざにOKした。
「とうどう・しづこ」の名づけ親はK社のK氏、その頃の私の担当の男性編集者である。「藤堂」は、私のデビュー作のなかの登場人物の名字、「志津子」はK氏の好みである。「ぼくは志津子って女性の名前が大好きなんですよ」

いたって無造作につけられたペンネームだったけれど、友人知人には、いたく評判がいいのも意外だった。本名よりも私の雰囲気や印象にぴったりする、とだれもが言うのである。

ここで本名を明かすわけにはいかないけれど、私の本名の字画や音のひびきから受けるイメージは「四角四面の、堅苦しい、融通のきかなそうな、そしてキッと目をつりあげた格式にこだわる武家の妻女」なのだそうだ。ペンネームをほめるあまりに、私の本名をけなす友人知人が続出し、当時の私はなんとも複雑な心境になったりもした。私の本名は、そんなにもダサくて野暮ったく、垢抜《あかぬ》けしないものなのだろうか……。

ただ、ご自分は本名で書かれている先輩作家に、「いや、あなたがペンネームにしたのは賢明なやり方だ」と言われて、ようやくほっとした。

「本名だと、何かと不便でね。うっかりワルイこともできやしない」

以来、私は本名とペンネームのふたつを使い分けている。先輩作家が言われたとおり、この使い分けは、いまのところ重宝しているようだ。

たとえば銀行や郵便局の窓口で呼ばれる場合は本名だから、照れずに顔をあげたままでいられる。買いもののときの支払いカードも本名のため、どれだけとっぴな品を、いくら購入しても、店側の関心を刺激せずにすむ。

ほんのときたま、お店の若い女性の店員さんが、カードに記入された本名と私の顔を交互に見くらべて「失礼ですけれど、小説家のとうどう・しづこさんに似ていると言われません?」などと無邪気に問いかけてきても、一緒に笑ってごまかすこともできる。「ええ、よく言われます」

ただ、このペンネームを、私の本名だと頭から決めつけているひとも、たまにはいる。医療関係の雑誌からエッセーを依頼する電話がかかってきたとき、先方は、まっ先にこう言ってきた。「お父さまにも、たびたび原稿をいただいておりまして」

先方は明らかに勘違いしていた。私の父は葉書一枚の礼状を書くにも苦慮する、書きものぎらいなのである。

「そういえば新選組にも藤堂平助《へいすけ》という人物がいましたけど、つながりはあるのですか?」とたずねられた際には、私は身をちぢこめて、必死に否定した。さらに「藤堂高虎《たかとら》の、あの藤堂藩と何かゆかりでも?」と質問されるに及んでは、私は気まずさのあまり、その場に平伏して「藤堂藩」に謝りたくなった。

私は由緒正しい家柄とは縁もゆかりもない、父方は福島県から、母方は新潟県から北海道にやってきた、そういう曾祖父母を先祖に持つ。

トンボ

私の住む札幌では、八月の下旬からトンボがとびはじめ、九月に入ると、さらにそのかずがぐんとふえてくる。

夕暮れどき、二階の仕事部屋の窓から、ぼんやりそとを眺めていると、夕陽《ゆうひ》をあびたトンボの群れが、手をのばせば届きそうな近さをよぎっていったりもする。

先日は街中のビルの七階の窓のむこうを、大群となって通りすぎていくトンボを目にし、こんな高い所でもとぶのか、といささか驚いた。トンボの細っこい体と、透きとおった繊細な羽で、どうやってビルの七階という高所にまで浮上できたのだろう。素朴にして無知な疑問にかられつつ見送るうちに、トンボの大群は、たちまちに空の色にとけこんで見えなくなってしまった。

日中いくらまだ暑くても、トンボを目にすると、そこはかとなく秋の訪れを感じる。

一昨年の秋ぐち、寝室のレースの窓カーテンのひだのあいだに、トンボが一匹とまっていた。開けた窓から入りこみ、とぶのに疲れて休んでいるのだろう、と私はそのままにしておいた。そして、それきり忘れた。

数カ月後の雪の真冬、トンボは、まだレースのカーテンのひだのあいだに、秋ぐちに見たのと同じ格好でとまっていた。それに気づいた瞬間、私は反射的に、トンボの冬眠だ、とはしゃいだ気持ちになった。が、はしゃぐ気持ちは、ひと呼吸あとには凍りついた。トンボは冬眠しているのではなかった。

死んでいた。

しかも六本の足できちんとレースのカーテンにとまり、二対の羽をぴんと立てた、休息しているとしか見えない姿勢のままで。

私は指先でそっとトンボをつまんだ。カーテンからはなしても、体も羽もくずれることなく、そのままだった。

とても捨てられなかった。陶器の小皿にトンボを入れ、そのまま机の引き出しにしまいこんだ。

ときどき気になって机の引き出しをあけては、小皿のなかを見る。頭の先からしっぽまで約四センチの、茶の濃淡をした体と羽は、少しも損なわれず、また、色調のさほどの変化もなく、トンボは小皿のなかに横たわっている。

こういったトンボの自然死のミイラ（?）は、よくあることなのだろうか。不思議でならない。また、一昨年の秋に私がその姿に気づいたときは、トンボはまだ生きていたのだろうか。事切れたのは、いつだったのか。

二年たったいまも、トンボのミイラは、引き出しのなかの小皿に、生きているのとそっくりなかたちで残っている。足や羽を破損しそうなため、薄紙で包むこともできないでいる。

私は縁起をかついだり、どこそこのお守りのお札なるものをありがたがるタイプの人間ではない。けれどトンボを机の引き出しにしまい、ときたま眺めることをくり返しているうちに、このトンボは私の守り神ではなかろうか、となぜか思うようになってきた。

一昨年の正月明けから夏にかけて、私と同年配の友人知人が三人、つづけざまに病気で亡くなった。いま振り返ってみると、三人それぞれに対して私はつねにそっけない態度に終始し、その反対に三人は病床にあっても、まるで保護者のように私のことを気づかってくれていたという。そうした三人を相ついで失い、同じその年の秋に、私の寝室のカーテンにとまっていたトンボだったのだ。

トンボのミイラをじっと見つめていると、じんわりと苦さがこみあげてくる。ときとしてひとを冷酷なほど突き放してしまう自分のへそまがりな性分は、どうにかならないものなのか。

他者にやさしくしようとすると、きまってやさしさを演じているだけの自分、そらぞらしい心持ちになってしまうのは、どうしてだろう。

亡くなった三人は、私には欠けている「情」の持ち主だった。そしてトンボは三人からの私への届け物のような気がしてならない。なんの見返りも期待しない三人の情が託された守り神。そうとしか思えないひとたちの通夜にも葬儀にも、私はいかなかったのだ。

敬老の日を前に

いまの自分の年齢が、どうにも中途半端に思えてならない。もうトシだなあ、と昭和二十四年うまれの私は、ひとりでいるときは、素直にそう思っている。これは卑下でも、謙遜《けんそん》でも、自嘲《じちよう》でもない。

衰えをはっきり感じるからだ。

三十代の頃にくらべると、体力はぐんとなくなっている。それでなくても人並み以下の体力で、どうにか今日まで持ってきたのに、先々のことを考えるとそら恐ろしい気持ちになる。

とぼしい体力をかろうじて補ってきた気力も、ここにきて日増しに消滅していっているのを痛感する。何ごとにも、すぐに「ま、いいかァ」と易《やす》きに流れ、この傾向はとどまるところを知らない。

思考力の衰退は、体力や気力より、さらにいちじるしい。一年といわずに半年ごとに、「私はまたアホになってきた」という自覚がはっきりとある。

こうした衰えには焦りをいだく。いだくけれど、それを食いとめる努力はひとつもしていない。性分的に、つねにあきらめが先に立つ。

もうトシだなあ、と思っている私が、同世代の友人たちと気の置けないおしゃべりをしていると、私が話に興じるほどに、まわりはだんだんと不機嫌になっていく。やがて、たまりかねたように、だれかが怒りだす。

「もう、いいかげんにしてよ。あなたの話を聞いていると気が滅入ってくる。養老年金だの、老人専用マンションだの、散骨だのといった暗いことばっかり言って。いい？　私たちはあと十年も十五年も、女として現役でやっていくつもりでいるのだから、そういう陰気な話題は持ちださないで。私たち、まだ、おばあさんでも、おじいさんでもないのよ」

同世代がだめならとばかりに、六、七十代の方々のなかにまじって、同じ話題を持ちだすと、こんどは怒られるのではなくて笑われる。

「何を言ってるのですか。まだまだお若いのに。そういうお話は二、三十年もあとになってからなさいな。それからね、もうトシだ、なんて言い方は、およしなさい。あなたに、もうトシだ、と言われたら、じゃあ、六、七十代の私たちはどう言っていいのか、わからなくなるじゃありませんか」

人生の先達からも顰蹙《ひんしゅく》をかい、長い期間だれともしゃべらずにすごしていると、たまに会った、私よりうんと若いひとにまで、気がつくと同じ話題を展開してしまったりもする。

二、三十代の相手は、一応は私の顔を立てて、神妙に耳を傾けてくれる。が、その目からは生気が失《う》せ、退屈をかみころしているのが、ほどなく判明する。判明したとたん、私は口をつぐみ、黙りこむ。悪かったな、と思う。しかし、私の知りあいの若人《わこうど》たちは、おおむね心やさしく、その場の気まずさも敏感にすくいあげようとする。

「奥ゆきのあるお話を聞きました」

私は少しだけほっとして胸を撫《な》でおろす。

「いまのお話、まるであの世からのお告げのようでした」

相手はふざけてそう言ったのではない。まじめにコメントした。だからこそ、言われた私もショックだった。


ひとりでいるときは、もうトシだなあ、と心おきなく、だれに気がねすることもなく、しみじみとこの思いにひたっていられる。けれど、一歩ひとなかにでた場合は、この言葉は、とても耳ざわりなものに聞こえるらしい。

そういえば私の七十代の母も、三年前に健康をそこねるまで、けっしてこの台詞《せりふ》は自分から口にしなかった。そして娘の私が「私はもうトシだから」とつぶやくたびに、愚か者を見るに似たまなざしをむけ、「何を言ってるのやら」とせせら笑っていた。

母のほうがまっとうで、私のほうがおかしいのだろうか。それにしても、もうトシだから、と口走っても、まわりから許してもらえる年齢は一体いくつからなのか。だいたいの目安だけでも、私は、知りたい。多分、私は、もう、すっかり、くたびれているのだ……。

ご先祖さま

私のご先祖は、父方、母方ともに明治の三十年代に北海道に移り住むようになったらしい。私の曾祖父の代である。父方は福島県から、母方は新潟県からやってきた。そのまま北海道に住みついて、だから私で四代目ということになる。

父方のほうは、当時の明治政府が力こぶを入れていた北海道・開拓移住団の一員で、福島県のいくつかの村から応募者をつのった際に、一族そろって参加したという。入植先は、現在の旭川《あさひかわ》市のはずれの地域である。当時のそこは、人間の背丈より高い熊笹《くまざさ》におおわれた密林地帯であったらしい。

開拓民である私の先祖は、その地で、私の想像を絶するような苦労と辛酸、自然の猛威とのたたかいに明け暮れたに違いないのだけれど、なぜか、そういった昔話は、ほとんど聞かされていない。とても貧しく大変だった、という話がリアリティーをもって語られるのは、父の子供時代からで、それ以前の生活はどうだったのか、よくわからない。父方の祖母は話し好きなひとだったけれど、猫が化けてでた、とか、村祭の踊りはだれそれがいちばんうまい、といった話題ばかりを好んで口にして、あまり昔の苦労話はしなかったのだ、少なくとも私が耳にしたかぎりでは。

それでも父方のご先祖が、北海道にやってきた理由ははっきりしている。これにくらべると、母方の曾祖父母が新潟県から移住してきた事情はやや特別で、うさんくさい。一応、私たち身内に定着している説は「曾祖父が、その父親が築いた財を放蕩《ほうとう》ざんまいをして食いつぶし、行き場所がなくなって、逃げるようにして北海道にやってきた」。

さらにこまかい注釈もつく。

「曾祖父が結婚したのは十四歳で、花嫁は神官の娘、その器量を見こんで嫁にした。花嫁は十歳になるかならずの幼さがゆえ、夫婦がそろっているところは、まるで子供ふたりがおもちゃごっこをしているみたいだった」「ところが曾祖父の父親が早くに亡くなり、その後見人となった者が、曾祖父に遺《のこ》された財産をどんどん猫ババする。その事実を知った曾祖父が、ヤケを起こして、自分だって遊んでやるとばかりに放蕩に走った」という。

どこまでが事実なのか、もはや私には見当もつかない。これもまた家族・親族間にありがちな「ご先祖おとぎ話」のひとつだろうと受けとめている。ただ、母方の祖父母や伯父《おじ》たちの証言（？）から、これはやはり真実か、と認めざるをえない事柄もある。

「曾祖父は一生、仕事というものをしなかった。働こうとしなかった」

働けない原因はひとつもなかったという。いたって健康で、知力・精神状態にも問題はなかった。読み書きも十分にできた。ただ曾祖父は働くのが嫌いで、だから、働かなかっただけのこと。

そのため曾祖母と子供たちは並大抵ではない苦労をしいられたらしい。そんな徹底してぐうたらな曾祖父が七十代で亡くなったとき、曾祖母は手放しで「よかった、よかった」と喜んだ。これは母から聞いた話である。

そういえば、私が二十代の後半、定職にもつかず家でぶらぶらしていた時期、母は心配顔で「一体、これはだれに似たのか」としきりにぼやいていたものだった。私みたいな勤労意欲に欠けた者は、母のきょうだいにも、甥や姪にもいなかったのだ。が、しばらくして母はようやく私のルーツに思い至り、ようやく納得した。「そう、ひいおじいさんにそっくりなのよ。あの流れだったのね」

母方の曾祖父にも彼なりの言いぶんはあるにせよ、ろくでもない男、という親族内の見方は一致している。ところが、もうひとつ、つい最近、判明したことがある。父方の曾祖父が大のとばく好きで、その借金のかたに土地を取られ、それでなくとも貧しかった暮らしが、さらに貧窮をきわめるようになったのだという。北海道に移住してからのことである。苦難は孫である父の子供時代までつづいた、と父の口から、はじめて聞かされた。

秋の景色

九月も下旬になると、私の住む北海道は、日中は暖かくても、朝晩は気温がぐんと下がって肌寒さを感じるようになる。涼しいのをとおりこして、寒い。そのため九月のこの時期から、朝と晩だけストーブを焚《た》いて暖をとる家が少なくはない。

私の場合は、ストーブとまではいかないけれど、毛糸の薄手のセーターと、ウールの膝掛けが、日々、手放せなくなる。また、室内ばきも、夏のあいだ着用していたビニールのサンダルから、スエードのシューズ型に取りかえる。

だが、こうした防寒小物でしのいでいられるのも、せいぜいひと月ほどで、十月の末を迎える頃には、ストーブなしではすごせなくなる。初雪の季節が到来するためで、雪が降ったとたん、寒さは本格化してくる。それまでの寒さとは、ぐんと質の違う寒気が、初雪とともに運ばれてくるかのようなのだ。雪といっても、白い小さなものが、気ままに、ゆらゆらと一、二時間ちらつくにすぎないのだけれど。

札幌にうまれ育ち、きょうまで住みつづけているにもかかわらず、私は、どうも、札幌の秋のはじめと終わりが、いまだによくわからない。あっというまにはじまって、あっというまに終わっている、といった印象なのだ。

用意周到に目をこらし、耳を澄ませ、皮膚にも神経を張りつめて、今年こそ秋の気配に立ちむかおう、という意識と意欲を持たなければ、札幌の短い秋は、いつも、するりとあっけなく、そばを通り抜けていってしまう。

友人たちと毎年のように、今年こそ紅葉を眺めにでかけよう、と言いかわしつつ、この数年間、そのチャンスに恵まれたためしがない。なぜか予定している二、三日前に、きまって雨が降る。それでなくても早足ですぎてゆく札幌の紅葉のときが、雨であっさりと台なしにされてしまうのである。

十数年前の秋、奥日光の「戦場ケ原《せんじょうはら》」にいきついたことがあった。いきついた、というのは、そのときの目的地はそこではなく、車を運転していた友人が道に迷い、どういうわけか、その方向にむかっていたのだ。戦場ケ原という名前も、あとになって知った。

そこはうっすらと霧が流れていたのだが、息をのむほどに美しい秋の自然がひろがっていて、まるで幻想を見ているようだった。

色調がすばらしかった。渋みのある赤、黄、緑、茶の基本色に、それぞれに微妙に異なる濃淡が重なりあい、そこから、また別の色あいがうまれでている。どの色も、けばけばしさを恥じるように、派手な彩りを消し、艶《つや》を消し、つつましやかな深みだけをたたえていた。

それまで私は、どちらかというと、くっきり、はっきりした北海道の自然の色調しか知らず、秋の自然にしても、燃えるような赤や黄色を連想しがちだった。

その光景は雅《みやび》としか言いようのない、すべての原色に、ほんの少し鈍色《にびいろ》を加えた色調で、その濁りのぶんだけ、したたかで、ひるまない存在感をたたえていた。

私は見とれ、圧倒され、そして胸のうちで感嘆した。秋がしっかりと居すわっている。そう簡単には通り抜けていかない秋が、ここにある……。また、そのとき私は、活字や絵巻物でしか見たことのない「源氏物語」を、一瞬、思い浮かべたのだが、これは一体、どういうことだったのだろうか。

十数年たったいまも、秋になると、戦場ケ原で目にした自然を、いっぺんは思い出す。札幌の秋の、夏のどのへんから秋にすりかわり、どのあたりから冬に奪い取られてしまったのか、あいまいに終わりを告げる秋のはかなさを感じるたびに、奥日光の「居すわっていた秋」が目の奥によみがえる。

もういちどいってみたい所は、いくつもある。今年はむりだったけれど来年こそ、と事あるごとに意気ごむ。しかし思い出すだけで十分に幸せなため、なかなか実行に移せないのが、私の不幸せ、ということなのだろうか。

ありふれた日々に

スポーツ観戦

これまでの、そう長くはなく、同時に、そう短くもない人生を振り返ってみて、これだけは損をしたと思うのは、スポーツを観る楽しみを知らずに今日に至ったことである。

野球もゴルフもバレーもバスケットもサッカーも相撲もテニスも、ことごとく関心がない。ルールも、もちろん何ひとつとして、と断言できるぐらい、その知識がない。どのくらい無知なのかは、野球のパ・リーグとセ・リーグの意味が不明、とこう言えばご理解できるだろう。ただしピッチャーとキャッチャーが、グラウンドのどの位置にいるかは知っている。投げられたボールをバットで打った際は、一塁に走る、という決まりも、かろうじて頭に入ってはいる。中学校の体育の時間にソフトボールをやらされたからである。

スポーツ観戦の楽しみに開眼していない私は、当然、ひいきのチームとか、お気に入りの力士はいない。だから、友人知人が、ある特定のチームや、応援している選手などを熱っぽく語るたび、異星人の話を聞いているような、とまどいにつつまれる。また、うらやましいとも思う。このうらやましさには、ふたつの理由がある。

ひとつは熱中して声援を送れる対象がいること。もうひとつは娯楽のはばが広まる、つまりヒマつぶしのタネがそれだけ多くなる。

私のこのスポーツ観戦音痴は家庭環境によるものだろうか、と一時期、考えたこともあった。私には男きょうだいがいない。父もいちどとしてスポーツ観戦に興味を示したためしがない。だから、私はだれにもその醍醐味《だいごみ》を教えられなかったがために関心を持たなかったのか、と。

しかし、こう書いてきて、たったいま気がついた。私には二十歳から六年間だけ夫という存在がいて、しかも、彼は中学・高校をとおしてラグビー部に所属し、いくつかの大会にも出場したことを、しばしば話していたものだった。その夫は、確か、テレビでよくスポーツを観ていたように記憶する。だが私も一緒に観ていた、という光景は思い浮かんでこない。多分、きっと私はそのそばでミステリー小説でも読んでいたのだろう。

さらに思い出した。結婚生活、六年のあいだに、いつの年だったかオリンピックがテレビで放映されたことがある。私はまったく関心がなく、隣の部屋で寝転んで本を読んでいた。夫がときどき声をかける。「きてごらん、すごいよ、ほら」などと。私は生返事をするだけで知らんぷり。しばらくして、夫はわざわざ私のそばにきて、いらつくようにして言った。「きみは、どうしてそうリアル・タイムの世の中の動きに無関心なんだ。信じられないよ、まったく、もう」……昔の出来事を思い返すうちに、スポーツ観戦と私とは、結局、歩み寄りのない別々の世界に属するさだめなのかもしれない、というあきらめの心境になってきた。しかし、それにしても二十年前のあの日、夫だったひとは本気になって私を怒っていたな、とこれまた、たったいま気づいた。

本のゆくえ

私の住まいには、一応というか、生意気にもというか、書庫として使用している一室がある。十畳ぐらいのスペースのその壁面は、床から天井まで作りつけの書棚になっている。書棚のすきまは、いまや、ほとんどない。本にうめつくされている。

けれど最近、この書庫の存在がうっとうしくなってきた。書棚にびっしりと並んでいる本は、確かに私が読みたくて買ってきた本なのではあるけれど、資料というにはほど遠いエンターテイメント系が大半をしめる。海外のミステリー、エッセー本、歴史小説などである。どの本も私に読書の楽しさを与えてくれ、気分転換に役立ってくれ、退屈をおおいにまぎらわせてくれたのは事実なのだが、ここにきて私の本に対する執着心は急になくなってしまったらしい。少なくとも、この本を大切に持っていようという執着心は。

思えば三年前の暮れ、私は一週間をかけて書棚の整理にいそしんだものだった。それまで何年間も、ただ読むそばから積みあげ、並べておいた本を、ジャンル別に分けたのだ。日本の現代もの、歴史もの、ノンフィクション、海外ミステリー、海外コラム、評伝もの、評論といったように。

ところが三年後のいま、自分の読んだ本は、読みおえると同時に処分するか、関心のある友人知人にもらってもらうかのどちらかだ、といった心境になっている。本にまつわる大きな出来事が、この三年間にあったわけではない。何かがきっかけで、本を並べておくのがイヤになったのでもない。

ただ、多分、私はしみじみむなしくなったのだろうと思う。書庫のまんなかにぽつんとひとりで立ち、壁面に並ぶ、おびただしい本の背表紙を眺めているうちに、これだけのかずの本を読破したにもかかわらず、二十歳の頃からちっとも進歩していない自分に、ぞっとするような嫌気がさしたのだ。いったい私はなんのために、これらの本をむさぼり読んできたのだろう……。書棚の一部分には、ひときわ古びた本がひしめいているコーナーがある。それらは十年前の大掃除のとき、どうしても処分する気持ちになれなかった、私の大切な本の一群だった。ところが現在は、それらの本への愛着も、きれいになくなっている。見事なくらいに一冊も。

もしかすると私のこの心がわりは、知識や情報といったものへの、やんわりとした拒否なのかもしれない。このように書くと、何やらエラそうだが、しかし、若年の頃からつい最近まで、私は、いくつもの強迫観念につきまとわれやすいタチの人間だった。読書もそのひとつで「あれも知らなくては、これも読まなくては」とたえず自分自身にせかされてきた。しかし、せかされ、実行した結果どうなったか。どうもならなかったのである。なんの変わりばえもしない自分が、ぽつりと同じ地点にたたずんでいただけなのである。

そのむなしさをかみしめつつ、書庫の本をどのように処分しようか、と日々頭をひねっている。図書館や古本屋さんも、近頃では本がありあまり、引き受けてはくれないと聞く。やはり、ゴミ回収日にダンボール箱につめて、こっそり捨てるしかないのかもしれない。

私の休暇

　今年の後半の六カ月間は休みを取ろう、と二年前からスケジュールを調整し、ようやくそれが可能になった。

　だから、これを書いている現在の私はヒマである。

ヒマといってもこのエッセーの締め切りが毎月あるし、年内に刊行予定の三、四冊の本のゲラ直しも、そのつど入ってくる。しかし、これまでの仕事の状態を振り返ると、やはり、ヒマとしか言いようがない。

　小説家の看板をかかげてから八年間、私には十日間のまとまった休みすら取れなかった。その前は広告会社に勤めていて、この職場もまた土・日曜日も祭日も関係のない勤務状況であったため、夏も冬も十日間の休みとは無縁の日々だった。

この会社には六年のあいだお世話になった。

ということは、今回の長期休暇は十四年ぶりという勘定になる。

うれしい。うれしくて仕方がない。

何がいちばんうれしいかというと、考えなくていい、という点である。小説書きの作業に追われているあいだ、私の頭はつねに「オン」の赤ランプがついているると同じ有様で、たえまなく何かを考えている。もちろん「あッ、イイ男!」といった、くだらない思考も、その半分以上をしめるのだが、とにかく考えている。ぼうっとしているように見えても、頭のなかはしんから休まっていない。どこかが張りつめている。

そして、あまりにも考えつづけていると、へとへとに疲れてくる。だが次の締め切り日が待っていると思うと、疲労しきった脳細胞にムチ打って、また別の物語を考え、構成してゆかなければならない。仕事が立てこんでいたある時期などは、脳が疲れきって、溶けてしまったのではないか、と本気で疑ったものである。

だから締め切りから解放され、なんの書き仕事をしなくてもいい、いまの私は、考えなしでいられる、というだけでも十分にうれしいのである。

旅行にゆこうという予定も、いっさいない。旅行にでかけるとなると、どこへゆくか、どの便の何に乗るか、ホテルはどこにするか、などと考えなければならないことが山積みとなってくる。せっかく、喜びの考えなし状態の日々を獲得したのに、これでは台なしになってしまう。だから、どこへもゆかない。

旅行以外にも何かをしようというプランは、ひとつもない。これもプランを立てる、といった考える作業を余儀なくされるからで、くり返すようだが、私はなんにも考えたくないのだ。

こういう私が、では、せっかくの長期休暇を取って何をしているのかというと、毎日毎日、ぼんやりしているだけである。ごはんを食べ、お風呂に入り、テレビを眺め、そして大好きなミステリー小説に読みふけり、室内犬とふざけあい……もう、これだけで一日はあっというまに終わってゆく、退屈するヒマもなく。

切実な事情

このところ自動車教習所に通っている。毎日、毎日、行っている。もちろん運転免許を取得するためである。

見通しは最初から暗い。だから入学申し込みの際には、なんのためらいもなく十二時間の技能補習をプラスしたうえで手続きをした。

しかし、このトシになって運転免許取得に挑戦せざるをえないというのは、一体どういう運命のいたずらなのか、と教習所にむかうタクシーのなかで、私は連日、ため息をついている。少しも心ははずまない。

けれど二十代の知人たちに「教習所へ行っている」と打ちあけると、必ず「いいですねえ」といった羨望《せんぼう》の声が返ってくる。さらに私が「免許がとれる前に車を買って、免許がとれると同時にすぐ運転できるようにしておかなくてはならないの」と言うと、またもや「いいなあ」とうらやましがられる。その羨望の口調が、私には、まるでピンとこない。そこで私はなかばいらだたしげに事情を説明する。「あのね、これはドライブしたいだの、キャンプにいきたいだのってことではなくて、私の自宅の近くには商店が一軒もなくなりそうで、それで食料品とかティッシュとかトイレット・ペーパーを遠くのスーパーまで買いにいくために免許をとるの。スーパーにいくためにね」

が、二十代の若者たちは、そうした私の日常生活上の切実さには理解が及ばないのか、私がテレかくしにスーパーの買いだしを理由にしていると思うのか、「そうですか」とあっさり聞き流して、ふたたび言うのだ。「いいなあ、すぐに車を買うなんて」。そこで私はもう何も言う気がなくなってしまう。

事実そのものなのである。スーパーに買いだしにいくために車の免許をとるというのは。もし、私の自宅から歩いていける近さに大型のスーパーマーケットがあったなら、私はぜったいに、このトシになって、こんな無謀な挑戦はしなかっただろう。

二十代の若者とは反対に、私と同世代の、特に男性たちは口をそろえて、こう反応する。「やめろ。あぶないぞ。タクシーを使え」。私はこの十数年、バスも地下鉄もほとんど乗ったことのないタクシー愛好家なのである。それでもタクシーではまにあわないことが多々あり、その原因をつきつめてゆくと、どうしても「自分で運転する自分の車」の必要性が浮かびでてくる。浮かびでてくるけれど、以前の私は、そこから、できるだけ目をそらしていた。

しかし自宅の近辺からは年々、小さな商店が姿を消し、ここ一年半ほど、私はタクシーに乗って街中のデパートまで食材から日常雑貨品まで、まとめ買いにでかける、といった日々を送っていたのである……そして、こうした買い方に、私は疲れた、イヤになった……かくして自動車教習所に通いはじめたのだが、それでもやっぱり二十代の若者は「車、いいですねえ」と私にむかって羨《うらや》んでみせ、同世代の男性たちは「やめろ。あぶないぞ」と脅《おど》すのだろうか。

教習所のK先生

私が自動車教習所に通っていることは前に書いた。これを書いているいまも、それはつづいている。じつは二日後に仮免の検定試験がひかえているのだが、はたして、結果はどうなるのだろう。予想どおり若い方々よりずいぶんと遅れを取っての仮免試験である。一日として欠かさず毎日毎日通ってのこの有様、しかし、私がようやく、ここまでこぎつけることができたのは、教習所の私の担当指導員のK先生のおかげだと心から思う。

じつのところ教習所に入校するまで、私はそこがどういったことを教えるのか、ほとんど知らないに等しかった。「車の運転を教える」のは知っているけれど、それも入校手続きを終えた翌日から、いきなりハンドルを握らせられ、走ってみなさい、と言われるとは、まるで想像もしていなかったのだ。ただ営業の方に「トードーさんには、わが校でいちばんイイ先生をつけました」と言われ、反射的に「ありがとうございました」と答えたけれど、いい先生とはいかなるものか、それさえもわからないままでいたのである。

初日、助手席にいるK先生に「走ってみなさい」と言われた瞬間、私の頭はキレた。うまれてはじめて握るハンドルなのである。うまれてはじめて踏むブレーキとアクセルなのである。だが、しかし、私は車を走らせた。教習所のニワのなかを、めったやたらに走った。K先生が何か言ったようだったが、なんにもおぼえてない。実際、私の耳は聞こえていないも同然の状態だった。頭がキレてしまっているのだから。二日目も同じく暴走につぐ暴走。

三日目、私はようやく自分がこの二日間とんでもないことをしていた、と気づき愕然《がくぜん》とした。で、すみやかにK先生におわびした。「すみません、私、パニックにおちいって。ハンドルにふれたのは、はじめてだったものですから」。そのときもK先生はイヤ味ひとつ言うでもなく、ただ黙って笑っていた。K先生のこの対応は、以来ずっとつづいている。イヤ味、皮肉、当てこすり、怒りといったものは、ぜったいにあらわさない。

私の難関は「S字形カーブ」だった。何日やっても、うまくゆかない。ある日、K先生は私を車に残したまま、目の前のS字形カーブに走っていった。そして、そばの砂利道から小石をひろっては、道の中央に一個ずつ置いてゆく。「いいかい、あの石コロを車のタイヤで踏むつもりで運転するんだよ」。私は胸がつまった。同時に自分がイヤになった。どうしてうまくできないのか。ここまでK先生にさせるなんて……もちろん、その日も失敗に終わった……。

K先生でなかったら、多分、私は途中で免許取得をあきらめていたかもしれない。大げさでなく、そう思う。ちなみにK先生はこの道十七年の四十歳、ふたりのお子さんのいる既婚男性である。

ビデオショップに通うわけ

数年ぶりにレンタル・ビデオ漬けの日々をすごしている。一日に三、四本つづけざまに観て、観終わると同時にビデオショップにテープを返しにいっては、また借りてくる。「フォレスト・ガンプ」だの「セブン」「ベイブ」といった、記憶のどこかに引っかかっていた、そして見のがしていた映画を思い出して、せっせと借りている。

こんな状態になってから、かれこれ二週間になる。もう、やめよう、もうじき来年の書き仕事に着手しなくては、とおのれをいさめつつも、なぜかやめられない。ほとんど中毒化してしまったかのようだ。

原因は車である。入校すること二カ月と三週間で、どうにか免許を取得した。

取得したその日から車を運転しはじめた。車は取得日の数日前から、わが家の小さな庭に野ざらしになっていたのである。一応は新車、といっても、ごくありふれた国産車で、家にガレージはなく、カーポートめいたものもないために「野ざらし」。降った雨の跡が、まるで波状の模様になっているけれど、私は気にしない。

以来、私は毎日まいにち近くのスーパーマーケットまで車を運転した。スーパーにゆくために取った免許なのであり、一日でも早く運転に、駐車のやり方に馴《な》れたい一念からである。そのせいか、運転していても、少しも楽しくない。楽しいどころの話ではなく、恐怖心と緊張から、まるで運転席で金縛りにあった状態に近い。

それでも私は必死に毎日ハンドルを握って路上を走った。デパートの地階の駐車場にも、駐車に馴れるためだけにでかけた。遠方のスーパーにもいってみた。夜間も、雨の日も走った。一方通行の道も、高速道路にも挑戦した。でも、しかし、運転はちっとも楽しくない。ドキドキ、ハラハラのくり返しで、そのうち私の心には、おぞましい疑問が芽ばえてきた。免許など取るべきではなかったのではあるまいか……しかし、車も買ったのに、どうする……。

そのとき近くのスーパーの隣にレンタル・ビデオショップがあるのを、ふいに思い出したのだった。歩くには遠すぎて、車でなら、ほんのすぐそこのビデオショップ。そう、車でゆくには最適な距離。ようやく私は報われた心地《ここち》がした。免許を取って、車を買ってよかった、とはじめて実感されてきた。

その日からである。レンタル・ビデオ漬けになったのは。もちろん、映画は楽しく、おもしろい。だが、それ以上に私は免許を取ってよかった、正解だったと自分に言いふくめたくて、次から次へとビデオ映画を借りてきているような気がしてならない。ほら車があるから、こんなに楽しい映画が、こんなに簡単に観られるのだ、と。この原稿を書いたあとも、ビデオショップから借りてきた「カジノ」と「告発法廷」が私を待っている。

ケチ自慢

ひとくちにケチといっても、さまざまなタイプがあるらしいけれど、これまで私が出会ったケチなひとびとには、いくつかの共通点がある。じつは、このことに気づいたのは、ごく最近で、そこに思い至るまでは、彼、あるいは彼女たちはケチだ、という認識さえ、私にはなかった。どこか、何かしら似ているなあ、と漠然と感じていただけで。それが、ある日突然に、ケチ、のひと言が思い浮かんだとたん、彼ら、もしくは彼女たちは、一挙にその分類のなかにストンとおさまったのだ。私の知っているケチなひとびとは、いまのところ四人、男女半々である。

まず、彼らは自分の倹約家ぶりを自慢する。「おカネを無駄なく合理的に使っている」ことを、とくとくと私に語り聞かせる。と同時に、私にあからさまな侮《ぶ》蔑《べっ》のまなざしをむける。「浪費っていうのは、一種のバカだと思う」などと、面とむかって言うのである。お断りしておくが、私は浪費家ではない。ただ彼らよりも財布の開け閉めの回数が、いくらか多いだけだ。

　こういう彼らと一緒に買いものにでかけると、いちいちクレームがつけられる。「そんなもの、買うのはよしなさい」「あ、また、くだらない無駄づかいを」。うるさくて仕方がない。といってもおカネを払うのは、あくまでもこの私であって、彼らではない。

　ひとの買いものにやかましくクレームをつける彼らだが、ここで私が気まぐれを起こして「あなたに何かプレゼントしたい」と言うやいなや、態度はひょう変する。私に対して「そんな無駄づかいはやめなさい」とは、けっして言わないし、プレゼントを辞退する、とも言いださない。いそいそと品選びに励みだす。

　さらに、彼らの行動の不可解さを痛感するのは、私からのプレゼントを受け取って三十分もすると、またもや私の浪費について非難めいた言葉を口にしはじめるときである。「わたし（ぼく）なら、あんな衝動的で計画性のないプレゼントはしない。ああいうのは無駄づかいの最《さい》たるものだ」

先に書いたように、こうした彼らや彼女たちを、私はケチというくくり方をしていなかった。口うるさい、細かいことにこだわる、一緒にいると、なぜか、こちらの気が滅入ってくる相手だ、というふうには思っていたのだが。どうしてケチと見破れなかったのか、いまになって、ようやくわかってきた。かれらの四人が四人とも、いたって弁の立つ明るいキャラクターだったのである。笑顔と言葉だけはケチらない、ゆえに、たえまなく自己正当化のおしゃべりで、まんまと私を煙《けむ》に巻くのに成功していたのだ。おのれのケチを手放しで明るくほがらかに自慢し、カネづかいの荒い私を三回に一回はチクリと非難する、といったやりくちで。

ケチ自慢の男性をうっかり恋人に持つと、本当に人生が灰色になる。ケチ自慢の女友だちを持つと、けっこう笑えるのだけど、でも、やっぱり、ケチ自慢の男性だけは、ごめんこうむりたい。

説教癖

ある種のひとびとにとっては、他人に説教したり意見するのは、このうえない心の快感であるらしい。

このことを私は二十代の頃から、なんとなく感じていて、そういうタイプの人物を見分けるアンテナを、ひそかに目や耳に張りめぐらしていた。といっても、どういうタイプがそうである、と断定するのは、むずかしい。一見それほど口やかましくなさそうに思えたひとが、意外にねちねちと重箱のすみをつつく一面を持っていたり、公衆の前では他人にうるさいぐらい指図をするひとが、一対一になると、予想外に寡黙《かもく》で、おだやかな性分であったりもする。だから、アンテナを高くかかげていたにもかかわらず、私は、いまだに「こういうタイプは要チェックの説教魔」と提示できないでいる。

しかし、なぜ私がアンテナをかかげていたかというと、つねに望まずして説教される側にまわってしまうのが、この私だったからだ。

あえて弁明するけれど、私は説教されて当然な失敗やら過ちやら失言をしたわけではない。最初はただ相手の方とたわいないおしゃべりをしていたはずなのが、はっと気づくと、いつのまにか説教されている。その内容は、おおむね「そんなことでどうする?」。どうする? と詰め寄られても「いえ、まあ、このままで……」と返答するしかないのだが、この返事も相手の何かを刺激してしまうらしく、さらに相手は、ここぞとばかりに言いつのりはじめるのだ。

だが、どうして私は説教されやすいタイプなのか、と最近じっくりと考えてみた。すると、私より五つ年下の、私の顔を見ると、必ず何やら説教したがる女友だちに、以前に言われた言葉がよみがえってきた。

「あなたみたいに、日常生活の面で、とことんヤル気のないひとって、私、はじめて見たわ。ただ、くやしいけれど、仕事だけは一応やってることは認めるけども」

うれしいことに、トシを取るとともに少しずつ説教されることが減ってきた。それはそうだろう。四十代も後半の私の生き方に、だれが、何を、どう文句がつけられるというのか。もはや、ほうっておくしかないはずなのだ。草原に遊ぶ牛や山羊のように。

ところが文句をつける強者《つわもの》がいた。二十代の彼は私の担当編集者で、私が海外旅行にもいきたがらず、彼にとっては関心そのものである事柄のどれにも私が興味を示さないため、じりじりといらだってしまうらしい。「欲しいものはないのですか？ やりたいことはないのですか？ どうして、そうヤル気がないのですか？ トードーさんは」

私は仕方なく打ち明けた。「いま、あなたが言ったことは、私、すべて二、三十代でやってきました」

これだけは言えるかもしれない。他人にむやみと説教したがる人間は、何事もその基準を自分においているからこそ、あんなにも堂々と説教できるのだろう、と。

身の上相談

身の上相談というものが苦手である。相談する側になるのも、される側に立たされるのも、どちらも得手ではない。けれど、このトシで、しかも小説など書いていると、人生経験が豊富で人間の心の機微にも通じている、と思われる方が多いらしく、そういったたぐいの手紙を読者の方々からいただくことが多い。

いただいた手紙は必ず最初から最後まで一行もとばさずに読む。そして読了後、そこにいかなる内容の相談が書かれてあったにせよ、相談者の悩みの半分は、こうして私宛に手紙を書いたというだけで解消されたに違いない、といつも感じる。身の上相談は、つまりは、こういうものだと思う。だれかに打ちあけることによって、心の重荷の半分、あるいは大半は軽くなる。だから正確には「相談にのってほしい」ではなく「話をきいてほしい」と言うべきだろう。

私の小説を通してではなく、ナマ身の私なる人間を知っているひとびとは、めったに身の上相談を持ちかけてこない。私がそういったことには冷淡で、そっけない対応しかしないことを知っているからだろう。しかし、現在はそんな私ではあるけれど、お人好《ひとよ》しの時期も、いっときはあったのである。

七、八年前に二十代前半の見知らぬ女性から手紙をいただいた。仕事上の悩みだった。きちんとした文面にとても感心し、好感をいだいた。数週間後、その女性から電話がかかってきた。やはり折り目正しい口調で、落ち着いた人柄のように思えた。一度お会いしたい、という相手に応《こた》え、私は会う日時を取り決めた。

当日、ホテルのラウンジで会った彼女は手紙や電話でのやりとりを裏切らないチャーミングで知的な二十代だった。私なりに親身になって話をきき、求められるままに助言などをした。しばらくして彼女は言った。

「トードーさんて変わってますね。どうして初対面の私に、よく知らない私に、そんなふうに親切にするのですか。危険とは思わないのですか」

あきらかにとがめるような口ぶりだった。その瞬間、私はやりすぎたことを悟ったのだ。彼女は単に好奇心から手紙を書き、電話をしたのかもしれない。それが予想外に私が人なつっこく対応してきたものだから、内心ではとまどい、困惑していたのかもしれない。私たちはぎこちなく別れ、それきりになっている。あと味の悪い私の失敗談である。

この彼女に懲《こ》りたわけではなく、その後も数回、同じような目にあい、以来、私は十代、二十代の男女の「相談」に対しては用心深くなった。多分「相談」というのは、いわば言葉のあやというもので「相談」にかこつけて、ただ私と話してみたかっただけのことだったのだろう。

特に女性が男性に「相談にのって」と言ってきたときは、それは淡い「ナンパ」の意味もふくんでいると思ってまちがいない。最近の私は断固そう見なしている。

はじける回答者

二、三十代の女性の方々から、ときたまいろいろな相談を持ちかけられる。自分たちより長く生きているから、すなわち経験豊富であり、また同じ女性だから自分たちの気持ちをわかってくれるだろう、と無邪気に思うらしい。

相談の内容はたいがい恋愛、仕事、結婚、さらに、このみっつをひっくるめた、「生き方」といったものである。

確かに私はトシがトシだけに二十代の女性とくらべると、さまざまな面での経験はふんでいるかもしれない。同じ女性、というくくりからすると、そのへんのボンクラ男性よりも、ずっと同性の気持ちは理解できるつもりでもいる。

かつての私は、そんなふうに自惚《うぬぼ》れていて、だから、わりあいと年下の女性たちの相談に耳を傾けていた。

そう、私は、彼女たちが持ちこんでくる相談というものへの対応を、話に耳を傾けること、と解釈していたのだった。

とにかく根気よく、わき見をせず、誠実に相手の話を聞き、けっして彼女を非難せず、返答を求められた場合だけ無難に答え返す。無難に答え返すコツは、ぜったいに相談者を裁かないこと、良し悪しの判定をつきつけないことだった。さらに相談を受けるときは、たっぷりと時間の余裕を取り、二、三時間は相手の「悩める空間」のなかに、私も一緒になって漂っていた。あとになって考えると、私自身の意見など、ほとんど言っていないのに等しい。けれど、所定の時間がすぎると、相談者はすっきりとした表情になり、「相談にのってくれて、ありがとう」。が、くり返すけれど、私は、これといったアドバイスは、ひと言も口にしていないのである。「そんな男とは別れなさい」と言うかわりに「あなたも大変ねえ」とお茶をにごし、「あなたがフラフラしているから、そんな目にあうのです」と説教するかわりに「若さとは迷うことじゃないかしら」などと逃げていただけなのだ。それなのに、相談にのったことへの礼を言われてしまう。

ある時期、私はそういうズルイ自分に嫌気がさした。もっと正面切って相談者の悩みや苦しみと、がっぷり取り組むのが、真の誠意ではあるまいか。つまり、私も相談事に対して、自分の率直な意見をぶつけ、白黒をはっきりさせようではないか、という意気ごみでのぞむ……。

かくして私は、聞き役相談者から一転して、はじける回答者へと変貌《へんぼう》した。

「彼は浮気性で……」という相談に対しては、私はきっぱりと断言した。

「あなたも浮気性の女性になりなさい。少なくとも浮気性の女のようにふるまって、彼をやきもきさせてごらんなさい」

「夫が優柔不断で困る」という悩みに対しても、私はずばりと言いきった。

「そんな夫に判断をまかせることはありません。あなたがすべての主導権を握り、夫に指図するぐらいになりなさい」

ところが私の率直さは裏目にでた。私の忠告や助言を聞いた相談者の女性たちは、一様にムッとして反論してきたのである。

「私、トードーさんみたいな割り切った性格じゃありませんもの」

「トードーさんのようにズバズバ言えて、やれるのなら、私、悩んだりしませ
ん」

以来、私は、相談を持ちかけられそうになると、それとなく、しかし必死に逃げ回るようになった。相手に対し自分がどう反応すればよいのか、そのバランスのとり方が、まるでわからなくなったからなのだ。以前のように聞き役に徹するのも、いまとなっては我ながら、うさんくさくて、できない。

しかし、それにしても自分でも、しみじみ情けないと思う。

このトシになって、相談される側には、まったく向かない自分に気づくとは。ふつうなら、このトシになったからこそ、まわりのひとびとを慰めたり励ましたりできるはずなのに。

飽きる

私はたくさんの問題のある性格だけれど、なかでも、ひときわ自分でもうんざりしているのは飽きっぽさである。

なんに対しても、すぐに飽きる。

飽きると同時に、たちまちに興味と関心を失ってしまう。

半年ばかり前、あらたまった席にしてゆけるような指輪をひとつも持っていなかった私は、思い切って、やや高めのそれを一個買った。十カ月のローンにして支払うことにした。

ところが、どうだろう、半年もたたないうちにその指輪に飽きてしまい、妹にでもやろうか、と考えていた。

われながらガク然とした。そして、ほとほと自分の飽きっぽさに嫌気がさした。これがローンを払いおえているのなら、まだ許せるのだが、支払いは半分もすんでいないのである。自己嫌悪を通りこして、私は自分で自分に愛想がつき、どうしようもない性格だとおのれを罵《ののし》った。他人の悪口を言うようにして友人知人に、このことを言いふらし、自分の飽きっぽさを糾弾して、ようやく気持ちを晴らしたのだ。

これに懲りて、三カ月前に車を購入する際には現金を使用した。ローンが残っているというのに、その品には飽きたという状況ほど始末の悪いものはない。

だが指輪の件をきっかけにして、私は過去を素直に反省しよう、認めようという心境にもなったのだから、人間はどんなことで改心するか、本当にわからない。

かつて私は男性との関係が長つづきしたためしがなかった。もちろん、私のほうから別れたのではなく、相手に逃げられた場合も多々あったけれど、とにかく長つづきしない。その頃は関係がだめになった理由に、あれこれ理屈をつけて、自他ともに納得させていた私だったが、いまになって胸に手を当てて正直に当時を振り返ってみると、なんのことはない、あのひとも、このひとも、みんな私が飽きただけのことだったのである。

さらに因果なのは、以前の私は、いまよりもずっと動物的な勘が働いた。相手の男性のちょっとした言動のはしばしから、その彼の全体像、特に性格的なものを、一瞬にして見てしまうところがあった。見たくない面まで見えてしまう。その勘がはずれるなら、まだ救われるのだけれど、残念なことに的中率は高く、私の予想どおりの現実が、ほどなく展開されることになってゆく……。

飽きっぽさと動物的な勘の組みあわせは最悪である。これにたちうちできる男性は、めったにいないだろう。私が男なら、こんな女とは、とっとと手を切る。

これまでの私の人生で唯一、飽きなかったのは小説書きぐらいかもしれない。飼っているオスの小型犬にも、まだ飽きていない。

このふたつだけにすがって生きてゆく私の余生の姿がすでに、いまから見えてくるかのようである。

使い捨て

つい先日、ファクシミリの機械を新しくした。シュレッダーをレンタルするついでに機種をかえてもらったのである。

届けられたファクシミリを使ってみて私はびっくりした。とても「素直に、せっせと働いてくれる」ファクシミリなのだ。これまで使用していたファクシミリは、ひどく気むずかしく、ひんぱんに問題を起こし、そのたびに私を手こずらせ、あわてさせていたものだから、素直な新しいファクシミリは、それだけで私を感動させた。これまで使っていたファクシミリは、しょっちゅうホコリやゴミが機械の内側にくっついて、そのたびに文字が解読不能の状態におちいっていたのである。そしてホコリやゴミがくっつくたびに、アフターサービスの会社に電話をかけ、係の方にきてもらっていたのだけれど、私にとってはそれがなんとも気骨の折れることだったのだ。ホコリやゴミの問題だけでなく、原稿を送っている途中でも、送信ミスのアラームが鳴ることも多々あった。

ところが今回のファクシミリにはそれがない。本当によく働いてくれるのである。事務機販売の営業の方に、しみじみとそうした私の喜びを語ったところ、

「前のファクシミリは何年お使いでしたか」ときかれた。

「ええと、まる八年、でしょうか」

すると、こんどは営業マンが驚いた。

「八年もですか。それじゃあ、あちこちトラブってても仕方ありませんね。機種が古すぎます」

良い品を長く大事に使いこむ、ということは、ファクシミリにかぎらず、少なくとも電気製品には当てはまらないらしい。

というのも、私は冬になるたびに加湿器を買っているのだが、それが毎年なのである。つまり、ひと冬で加湿器がダメになってしまうのだ。近くの家電品店で

そのことを嘆くと、若い利発そうな店員さんはあっさりと言った。

「最近の家電品はテレビにしてもビデオデッキにしても、だいたい五年でダメになります。そういうふうになっていると言ってもいいでしょうね」

この店員さんから、このあいだ新しいビデオデッキを買ったのだが、故障した古いデッキは十年近く愛用していた。そう言うと、やはり先方は目をまるくした。

「十年も？　よくそこまでもちましたね」

まるでイケないことをしていたようなまなざしで見られ、私は憮然《ぶぜん》とした。

使い捨ての時代なのだなあ、と思う。思いながら、きょうも私はシュレッダーのなかに書き損じた原稿や、もろもろの紙類をどんどん入れ、それらがこっぱみじんになってゆくことに、ある種の快感を味わっている。あれもこれも、シュレッダーにかけて粉々にしたくなってくる。これも、やはり、使い捨て時代の影響なのか、それとも古いファクシミリやビデオデッキをようやく手放した反動なのか、あるいは、これは私の本性なのか。

小さな感慨

「小説家」の看板をかかげてから、今年（一九九七年）で九年目を迎えた。

だからどうなんだ？　と切り返されたなら、別に何も……と口ごもるしかないのだけれど。

振り返ってみれば、私は毎年毎年春先になると、今年で○年目になったと、ひとりで感慨にふけるのがくせになっている。なぜ春先なのか、と問われても、やはり、これといった理由はない。

ただ、今年で○年目になった、とため息とともにひとり感慨にひたる裏には、一回も病気にならずに一回も疲労で倒れることなく、という前段がつく。

あぶない状況は多々あった。あまりのハードスケジュールで食欲不振におちいって点滴注射でかろうじて体力を維持するだの、アトピー性皮膚炎に苦しんだり、自律神経失調症に悩ませられたりと、健康面の赤信号はつねにともりっぱなしだった。

九年目を迎えた現在も、新しい小説に着手すると、てきめんにアトピー性皮膚炎がぶり返してくる。一本の小説を書きあげるまで、首のうしろと背中の左側の定位置が赤くなり、かゆくなってくる。小説を書き終えると同時に、それは消える。エッセーを書いているぶんにはあらわれないのだが、どうも小説書きは私の体にはよくないらしい。よくないとわかっていても、やめるわけにはいかない。なぜなら、このトシで、なんの資格も持たない女を、どこが雇ってくれるだろうか。

小説を書くとアトピー性皮膚炎がぶり返す、というと、多分、しゃかりきになって一日中、執筆机にかじりついている小説家の姿が連想されてくるかもしれない。しかし、私が小説を書いている期間の、一日平均の実働時間は三時間。三時間で、だいたい四百字詰め原稿用紙の七、八枚。三時間でこの枚数を書くと、私の一日の執筆エネルギーは燃えつきる。無理して、それ以上書くと、翌日の体力と気力まで使いはたしてしまうらしく、翌日はまったく書けなくなる。

執筆時間は午後の一時から六時までのうちの三時間と決まっているから、この九年間で徹夜したことはない。徹夜どころか夜の八時以降に仕事をしたためしは、いっぺんもない。

しかし、一日の実働時間は三時間、と正直に言うと、小説家ってワリのいい職業、などと早とちりする若い女性も少なくない。そして目を輝かせる。「私の夢は小説家！」

けれど現実はそう甘くない。実働三時間と私はあっさりと書いたけれど、この極度の集中力を要する三時間のため、残りの時間は神経がピリピリしているか、何をしても上の空状態になってしまうのである。小説を書きつづっている期間、私は家のなかにいてすら急性アホになってしまう。「ここはどこ？　私はだれ？」を何回となくくり返す。しばしばコーヒーカップを手に廊下に呆然《ぼうぜん》と立ちすくむ。いま私はどこにゆこうとしていたのだろう、と。

書くタイミング

ある月刊誌に、複数の男性とつきあっている女性を主人公とした小説を、この一月から連載している。主人公は三十二歳である。

複数の男性のそのかずは、いまのところ五人、ただし、この先それ以上ふえる予定はない。

この小説を毎月読んでくれている男性編集者からの反応は、おおむね予想どおりだった。

「あんな女性とは、実際につきあいたくないですね」(三十四歳)

「ついに女性もここまできましたか」(四十六歳)

なかには、ひねった表現で語るひともいる。「あれを読んでいると、まるでボ

クが意地悪な女主人の帰りをひたすら待っている忠犬になった気分になります」（三十九歳）

しかし男性編集者とは反対に、女性編集者、とりわけ二、三十代の彼女たちには、わりあいと評判がいい。これも半分は予期していたとおりだった。

「あれこそ女のホンネですよね。そうそう、そうなんだと思いながら今月号も読みました」

「あの部分、私の気持ちを代弁してくれています」

もちろん、この小説の主人公が女性全般のホンネを代弁しているわけではなく、作者の私もそこまで自惚れてはいない。

ただ、この小説を書きだすにあたって、これは男性陣を敵にまわすだろうな、という確実な予感はあった。そのため前々から漠然とした構想はあったものの、具体的に着手するまでには、なかなか勇気が持てなかったのである。好き放題をやっている私だけれど、それでも世の男性陣に憎まれるようなことは極力避けたい。それも私個人が何か恨みをかうようなことをやらかしたのならともかく、書いた小説内容から、あっちにもこっちにも敵をつくるような愚はおかしたくはないのだ。それでなくても、男女ものの小説を書いていると、女主人公すなわち作者、と誤解されることが多々あり、私はずっと苦い気持ちをかみしめつづけて今日にいたっている。

しかし、ついに憎まれるのを覚悟で書きはじめた。五人の男性と同時にかかわりを持つ三十二歳の女性を描くには、いまのこのトシでこそ、といった思いにかられてきたのだ。つまり私はこのトシになってようやく世間からどう思われようとへいちゃら、と心から居直れるようになった。それでいて男性に対する色気心も、まだいくらか残っている。が、あと数年たったなら、多分、私は俗的な悟りを得たような、エラそうな口をたたくババアになっているに違いない。「男なんていうものはね、あなた」と説教をたれるようなババアに。だから、いそいでいまのうちに書いておこうと決めたのである。

人生のその時期にしかできないことがある……それを実感をこめて、ようやく思えるようになった。

記念の貯蓄

毎月一回、銀行へゆく。

　で、窓口嬢に名前を呼ばれるまで、待ち合いコーナーの椅子《いす》に腰かけ、ぼんやりと順番を待っているのだが、ここ二、三カ月ずっと気になっていることがある。

銀行内の正面の天井近くに、イラスト入りの大きな看板がかかげられている。看板はふたつあり、ひとつは「お子さま教育貯蓄」。これに対して疑問はわかない。なるほどなあ、と子供のいない私は教育にかかるお金の大変さを想像するのみである。

もうひとつの看板は「結婚記念日貯蓄」。この文字についても首をかしげない。ただ、その下に書かれた文字を読んだとき、私は思わず、ほほう、と心のなかでうなってしまった。

貯蓄の期間が決められているのである。

結婚一年三カ月から五年三カ月のあいだまで。これはどういうことなのか。

貯蓄のスタートが結婚一年三カ月から、と限定されているのは、いくらか腑《ふ》に落ちないものの、それでもわからなくもない。だが、貯蓄期間が結婚五年三カ月まで、という点になると、私は急に「なんで？」と声を大きくしたくなってくる。なぜに五年三カ月目にして「結婚記念日貯蓄」を終わりにしなくてはならないのか。十年目、十五年目、はたまた二十年目のカップルは、もはや記念日などどうでもいいということなのだろうか。しかし私からすると五年より十年、十年より二十年の結婚記念日のほうが、より貴くも、めでたいと思うのだが……。

あるいは結婚して五年以上たつと、いまさら結婚記念日などばかばかしくも照れくさい、というご夫婦が大半なのか。

けれど、どうして五年三カ月目までの限定つきの貯蓄なのだろう。銀行側が打ちだす商品なのだから、この数字には必ずなんらかの根拠があるはずなのだ。

しばし看板を見つめること数分、ふいに私はひらめいた。結婚五年三カ月以内に離婚するカップルが増えているのではあるまいか。同時に結婚五年三カ月をすぎてからの離婚はぐんと減る傾向にあるのではなかろうか。となると、積み立てがスタートし、無事に満期を迎えたカップルは、結婚生活の第一次破綻《はたんき》期を乗り切ったともいえそうだ。そうすると満期を完了し、少しばかり利息がついてもどってくるお金は、さしずめ「結婚生活・持続五年ごほうび金」といったところなのか。それとも結婚後はやばやと離婚をほのめかす夫なり妻なりに対して「でも、この貯蓄が満期にならないと損をする。だから、もうちょっと待って」と思いとどまらすための手段にも役立つのかもしれない……。

私の結婚生活は六年だった。しかも二十年も前の。あの頃この限定つき貯蓄があり、しかも積み立てていたとしたら、やはり私の夫だったひとは「途中で解約すると損」と私に言ったに違いない。そういうひとだからこそ、私は別れたのだけれど。

将来の夢

子供の頃から私は夢というものが、ほとんどないタイプの人間だった。

仲良しのヒロ子ちゃんが「私、大人になったら看護婦さんになるのッ」と天にむかって意志表明しても、ボーイフレンド第一号のテッちゃんが「ぼく、大きくなったら志津ちゃんをお嫁さんにする!」といった大宣言をしようとも、そばで聞いている私は「ふうん」と気のない返事をし、足もとの小石を蹴《け》っていたものだった。

ヒロ子ちゃんの決意表明を信用しなかったわけではない。テッちゃんの遠まわしのプロポーズを、鼻先でせせら笑っていたのでもない。

が、私は幼くして、努力、を信じない、ひねくれた人間だった。

というのも私は二歳の時分から、アトピー性皮膚炎に苦しめられてきたためなのだ。季節のかわり目の風、というより外気がいけない。特に冬から春にかけての外気と、夏から秋にかけてのそれが、私の全身を湿疹《しっしん》だらけにする。かゆくて、かゆくて、たまらない。母に連れられて病院を転々としたけれど、結局、治療薬には出会わなかった。

ひとはよく子供にむかって「いい子にしていなければバチが当たる」と脅す。つまり「いい子にしていればバチが当たらない」ということだろうと子供は解釈する。私もそう思った。いい子にしていないから、こんな湿疹に苦しむのだ、と。ところが私のアトピーは、いくらまじめにいい子にしていても、春先と秋口になると猛威をふるう。とことん、私を苦しめ、悩ませ、痛めつける。

そして、ある日、幼い私は悟ったのである。いい子になろうと努力しても無駄なのだ、努力なんて、なんの役にも立ちはしない。

努力すれば、いつか、きっと、という延長線上に、ひとは将来の何かを夢見る。けれど、努力そのものを信じない私みたいな、ひねくれた人間には、夢などあろうはずがない。

が、ごく最近、私ははじめて将来的な夢というものを持つようになった。

私は七十代の両親と三歳の小型犬とで暮らしているのだけれど、何年か先、あるいは何十年か先に、この世にひとり残されたときは、日本全国を一年か半年きざみに移り住んでみたい、というのが、その夢である。小説を書くためうんぬんといった下心はなく、単純にさまざまな風土や風景に接してみたい。ふらり、ぼんやりと海や山や空を眺めていたいのだ。そのためには、あまりトシをとって足腰が弱くなっては困るのだが。

しかし、この夢はめったに口外はできない。両親に言えば「長生きするなということか」とひがむに違いないし、想像力に欠ける友人知人は「それって、ホームレスになるってこと?」と目をむくに相違ない。

それにしても、はたして私のこの夢は本当にかなうのだろうか。実現するのかしないのか、そこがわからないのが夢のよさなのだろうか。

プレゼント

その昔、私はプレゼントするのが大好きだった。

そういう自分を自覚したのは中学生になったばかりの頃で、毎月のわずかなおこづかいをためては、両親や妹たちに順ぐりに、小さな、ささやかなプレゼントをして、ひそかな自己満足にひたっていたものである。相手が喜んでくれるのがうれしい、という、まったく単純な気持ちからだった。

やがて年月がたち、ＯＬとなって自分で稼ぎをえるようになると、その傾向に拍車がかかった。

二十代の前半につきあっていた男性のひとりに、研究者の卵がいた。私よりふたつ年上の、まじめで誠実な人柄だった。しかも彼は生活のためにアルバイトを

いくつも かけ持ちし、それでも、どうしてもビンボーなのである。冬用のコートすら買えないのだ。

プレゼント魔の私が、それを見のがすはずもなく、私は冬のボーナスをはたいて、彼に冬用のコートを進呈した。彼は素直に喜んでくれた。しばらくして、彼が研究に必要な書物である、とある全集十五巻を「喉《のど》から手がでるほど欲し」がっていることを知った。私は迷いなく、書店へいって全集十五巻を予約した。ここでも彼は喜んだ。プレゼントをあっさりと受け取った。ほどなく私たちは疎遠になり、ほとんど会うこともなくなった。ところが私の手もとには、全集十五巻を買ったときのローンの支払いだけが残された。

いくらかこれに懲りて、男性へのプレゼントは自重する数年がはさまれたのだが、次に出会った相手が、モデルのようなハンサムだったのが、いけなかった。色あくまでも浅黒く、百八十センチの長身は見事な逆三角形をなし、じつにすばらしい外見の持ち主なのである。

ここでも私は歯止めがきかなくなった。

とにかく何を着せても、よく似合う。似合うから、また別のを着せたくなる。かくして私はふたたびプレゼント魔にまいもどり、彼に会うたびに、ポロシャツだのセーターだのを手渡さずにはいられなくなった。何十枚目かのそれをプレゼントした際、彼はうんざりとした表情で言った。

「こんなにもらったって、そうそう着れないよ。まだいっぺんも着ていないのも何枚もある」

その日をさかいに彼は急速に私からはなれていった。どこが彼の気にさわったのか、いまだに私には理解できないのだが、もしかすると薄気味の悪さを感じたのかもしれない。どう考えても、何十枚もの衣類は、やりすぎだったのだろう。以来、男性へのプレゼントは、控え目、をモットーにしているけれど、それでも、まだ、やりすぎの傾向が私にはあるようだ。私自身は、男性からプレゼントされたことは、ほとんどない。期待もしていない。そういうめぐりの人間なのだと、とうの昔に見切りをつけている。

めまい風邪

ここ二週間ほど風邪で寝込んでいた。

といっても、いわゆる風邪の症状らしきものは、ほとんどなく、発熱とめまいに悩ませられた。

とりわけ、めまいがひどく、立って歩くのさえままならない。そのためベッドでじっと寝ているしかなかったのだ。

かかりつけの医師から処方された内服薬も、きちんと一日に三回飲んではいたのだけれど、いっこうに熱も下がらなければ、めまいも消えない。

もしかしたら風邪ではなく、何かほかの病気では？　と思ったりもしたけれど、風邪と診断した医師の言葉を信じることにした。二十年間もお世話になっている

「先生」なのである。

それに、一見したところは風邪とは思えないこの風邪には、三年前にもかかっている。

今回と同じく、激しいめまいがその発端だった。とにかく目がまわる。何かにつかまらなくては、家のなかすら歩けないぐらいなのだ。これが風邪のひとつの症状とは考えもしなかったため、医師からそう告げられたとき、私はとっさにつぶやいてしまった。

「……そんな……まさか……」

その後の記憶はぷっつりと途絶えている。

風邪と診断された驚きと、驚きによって倍加しためまいによって、私は気を失ってしまったのだ。

三年前の場合、快方にむかうまで二週間ほど寝込んでいた。

そして、そのときはじめて私は仕事をキャンセルするという体験をした。ある雑誌で対談の予定をしていたのだが、とても外出できる状態ではなく、電話で事情を説明して一カ月先に延期してもらったのである。

雑誌社にも、対談相手の方にもすっかり迷惑をかけ、そのとき私は自分のかわりのいない、この職業の不安定さとあぶなさを、つくづく思い知った。以来、執筆以外の、生身の私が参加しなくてはならないたぐいの仕事の、しかも半年先、一年先の約束は、できるだけしないようにしている。いまは元気でも、半年先、一年先の自分の元気は保証できない、という思いからだ。健康に自信があるのならともかく、私は自分で自分の体が信用できないのである。

今回も寝込むこと二週間、しかし、仕事面での支障はなくてほっとしている。月刊誌などで連載している小説は年内いっぱいつづくのだが、原稿はすでにできあがっているため、その点では、心おきなくベッドに横たわっていられた。

それにしても最近の風邪の菌はおそろしい。季節のかわり目は風邪をひきやすいから、とせっせとうがいをしたり、こまめに手を洗ったりしていたのに、それにもかかわらず、あえなくダウンしてしまった。それとも年齢とともに私の体力、抵抗力が弱ってきているだけのことなのだろうか。

堂々めぐり

先日、二、三年ぶりに会った女友だちとおしゃべりを楽しんでいると、共通の知りあいが次々と離婚したのを聞いて、びっくりしてしまった。

ひとつ、ふたつの話ではない。そのとき聞いたのは五件。

五組とも三十代のご夫婦で、いずれも子供はいないという点に、いくらか私は救われたのだけれど、とにかく、驚きのあまり、しばらくは口がきけなかった。

しかし、絶句しつつも、私は頭のすみで「いい時代になったなあ」と、皮肉ではなく、しみじみそう痛感した。

二十年前に私が離婚したときは、いわゆる世間の風当たりは強く、特に、女性に対しては「わがままだから」「我慢がたりない」と一方的に決めつけられたものだった。その夫婦と一面識もない他人ですら、離婚した、と聞いただけで、頭ごなしにそう断定してくる。

そういった時代からすると、離婚への偏見や先入観が大きく薄らいできたことは、本当によかったと思う。が、その反面、自分も経験者のくせして、「そんなにも離婚がふえてどうなるのだろう」という、漠然とした不安をいだくのだから、私もいい加減な人間である。

しかし、知りあい五件の離婚は、やはりショックで、友人知人と会ったり、電話がかかってくるたびに、つい話題にしてしまう。すると先方は、たいがい、こう答える。

「ふえてますよねえ、離婚は。このあいだも私の知人が別れましたし……」

かくして私の耳に入ってくる離婚件数は増加するばかりである。やはり三十代が圧倒的に多いのだけれど、全国的にはどうなのだろうか。

「これって、ゴミ処理問題とも少なからぬ関係があるのじゃないでしょうか」という卓見を吐いたのは、三十代も前半の女性編集者である。

「もう自分にいらないもの、不要なものは、きれいに処理して、身軽に、シンプルに人生を送ろう、という気分が全体的にあるような気がしますよ。私の知りあいにもふたり、夫や妻に家を残し、財産いっさいを置いて離婚したというひとがいますし、私の友だちの知りあいも、同じケースだったとか」

離婚とゴミ処理問題をむすびつけるのは乱暴にして不謹慎だとおしかりを受けそうだけれど、その底に流れる「時代的な気分」なるものには、私もなんとなく、うなずいてしまう。ゴミにしても最初からゴミだったわけではない。年月とともに、ゴミと化しただけのことなのだ。もちろん、最初から最後までゴミとはならないものもある。

こう考えてくると、結局、もっともやっかいなのは、人間の心なのだろう。心がきちんと成熟していなければ「一生もの」か「やがてゴミ」なのかの見きわめがつかない。

しかし、その心の成熟の度合いは何によって測るのか。多分、他人の愛し方だろうけれど、これだって場かずをふまなければ、自分の間違いや正解に気づかないことが多々あるのだから、やはり、人間の心の堂々めぐりはつづいてゆくしかないのかもしれない……。

他人の目

「若い頃は、自分が他人にどう見られるかが、とても気になっていたが、ある年齢になると、他人の目を気にするよりも、まず自分がどうしたいかが、最優先されてくる」

といったような文章に、先日、翻訳もののミステリー小説を読み進むうちに出くわした。

ほんとにそうだ、と思わず文庫本のページを開いたまま胸の上にのせ、私は天井を見つめたものである。私の読書姿勢は、つねにソファに体を横たえた休息を兼ねる格好のため、本から受ける感動や新鮮な発見の吐息やため息は、きまって天井にむけて吐きだされる。同時に本は胸の上に伏せられる。

十代から二十代、そして三十代の前半まで、私は、自分でも嫌気がさすぐらい、他人にどう見られるか、どう思われるか、が気になって仕方のない人間だった。要は、自意識過剰なのである。さらに自意識過剰になる基底には、自分への自信のなさがあり、いつも、びくびくと周囲の目をうかがっている。そのことで自分自身の神経が病的なまでに振りまわされるほど、それはひどかった。

けれど、いつの頃からか、他人にどう見られようともかまわない、というしたたかさが身についた。また、こちらがいくらキレイごとを取りつくろっていても、他人の目や耳や直感は、それをしっかりと見破っているのだ、と取りつくろう自分の愚かさを痛感するようになった。

そして現在の私は、他人が自分をどう見てどう思うのか、といった発想がまるでなくなっている。思考回路から抜け落ちている。で、ひたすら自分はどうしたいか、の一点ばかりを重視する。

端的な例が、ひとと会う約束を取りつける場合だろう。だいたいが、ひとりでいることが少しも苦でないがゆえに、物書きになったのである。大勢でいるよりも、ひとりでいるほうが、ずっとらくな性分なのだ。だから、ひとと会うことは、私にとっては、大げさな言い方だけれど一大決心がいる。電話では気軽に楽しくおしゃべりできる相手でも、実際に面とむかって会うことは、まったく違うのである、私の場合は。

こういう偏屈な自分の性格を、自分でも認めたくなかったその一面から目をそらさなくなってから、私は、ちらりとでも興の のらない相手と会う約束はしないことに決めた。その結果、ストレスは半減したように思う。

若年の私は、ひとからの誘いをことわったためしがなかった。相手の気を悪くさせるのでは、という理由からだったけれど、その本心は、相手から悪く思われたくない、という一念だったのである。特に男性からのそれは。しかし最近の私は、女性より男性と会うのが面倒でならない。これは私の偏屈度がさらに深まったのか、あるいは、手のかかる面倒な男性がふえてきたのか、それとも、その両方が原因なのか、私にも、よくわからない。

はじめてのレース

これといった趣味のない私の行く末を案じてか、前々から友人たちに誘われつづけている。

「せめて一緒に競馬でもやろうよ」

競馬をやるといっても、友人たちのそれは、金銭的にも、いたってカワイイものらしい。千円単位に馬券をチビチビと買って一喜一憂するのだそうだ。

もちろん、予想が当たればうれしい。配当金が高ければ、なおさら、うれしい。だが、それよりも楽しいのは、仲間数名がなじみの酒場に集まって、次回のレースについて、ああでもないこうでもない、と意見をかわしあい、論じあうことだという。

「だから気晴らしにでておいで」

と折につけ声をかけられる。かけられつづけて数年になる。

だが私の気持ちはいっこうに動かない。

競馬にかぎらず、ギャンブルと名のつくものすべてが苦手なのである。苦手というよりも頭から敬遠している。いや、恐怖心に近いのかもしれない。

私の父はギャンブル大好き人間で、私は幼いころから、ギャンブルにのめりこむ父をうんざりするぐらい見てきている。

父の場合は、じつに傍迷惑《はためいわく》なギャンブル狂で、勝敗のどちらにしろ、つねに大さわぎしたものだった。勝ったときは、それでもまだいい。負けるとカンシャクを起こして、家族に当たりちらす。その姿が子供心にも、とてもイヤだった。みにくくも、あさましく感じた。

こうした精神的外傷（?）のせいか、賭《か》け事《ごと》全般から、つとめて目をそらせてきた私がいる。麻雀《マージャン》も高校生の頃に、むりやり父に教えこまれたけれど、強制されるそれは苦痛でしかなかった。競馬、のひと言にしても、反射的に思い浮かべるのは、競馬新聞を手に血相を変え、目を血走らせている父の姿なのだ。

ところが有馬記念レースの前日の夜、私はたまたま友人たちの集まっている酒場に立ち寄った。あるパーティーの帰りだった。するとカウンターに居並ぶ友人たち数名は、全員、競馬新聞をひろげているではないか。

「いや、だから、このヒンバはね」

私は隣席にいる三十年来の男友だちに小声でこそこそとたずねた。

「ヒンバって、なあに?」

それから一時間近く、簡潔にしてスピーディな競馬の講釈を受け、私は、そこに織りこまれた競馬というもののドラマ性に目をまるくしたのだった。多分、男友だちの説明がすばらしかったに違いない。

翌日の午後、私はうまれてはじめてテレビの競馬中継にチャンネルをあわせた。驚いたことに、私はレースを観て感動していた。馬たちに、騎手たちに。みんな、よく、やった、エラい……。

一等になったのは「シルクジャスティス」、直訳すると「絹の正義」。でも、どうして「絹の正義」という名前なのだろうといまだに首をかしげている。やはり、いっぺんは馬券を買ってみるべきなのだろうか。謎《なぞ》をとくためにも。

化粧台の整理

つい先日、思い立って化粧台の引き出しのなかを整理した。

何年にもわたって買いこんだ、さまざまなファンデーションや色とりどりのアイシャドウにチーク、両手にひとかかえもある口紅のあれこれなど、いずれも途中まで使って、そのまま引き出しにしまいこんでいたかずかずだった。

引き出しをあけて、あらためて点検するまで思い出しもしなかった色の口紅だったりアイシャドウなのだが、いざ整理しようと手に取ってみると、それらの品々を買ったときの自分の気持ちがまざまざとよみがえってきた。

結局のところ、どれもこれも、少しでもきれいになりたい一心だったと思う。

白とグレーと茶の三色がセットされたアイシャドウ・セットはＯＬだった十数

年前の私の大のお気に入りだった。私にぴったりと勝手に思いこんだ三色の組み合わせ。思い込みの激しさのあまり、いっぺんに同じ品を五セットも買ったのだから、あきれる。五セットのうち使ったのは一セットだけ、残りの四セットはそっくり引き出しのなかに残っていた。

塗ると、ほとんど黒に近いダーク・ブラウンの口紅は、先端をほんの少し使っただけで、そのままになっていた。失恋の痛手からイメージ・チェンジをはかって買った一本だった。けれど、女友だちのひと言「魔女みたい」に懲りて、二度と使用しなかった。

ダーク・ブラウンとは反対に、淡いベージュの口紅も見つかった。これも先端にわずかな紅筆のあとがあるだけで、買ったことさえ忘れていた。仕事にも交遊関係にも落ちこんでいたとき、確か気分転換というか、衝動的に買った高価な一本だった。つけているのか、いないのか、わからないぐらいの色調で、私としては「新しくうまれかわった自分」にまんざらでもなかった。が、これも友人たちから不評をかった。

「ひどく顔色が悪く見える。病気みたいよ、それ」

これらのほかにも、色あざやかなアイシャドウのパレットとか、マニキュアの数本の壜《びん》、中身がかわいてしまっているマスカラなど、化粧台の引き出しからは、私の過去のメイク歴を物語る品々が、たくさんでてきた。しかし、どれもこれも、いまの私には必要がない。とっておいても、この先、使うこともない。だから、もったいないな、と思いつつも、次から次へとゴミ袋に入れていった。

そして、化粧台の上に残ったのは、ファンデーションとパウダー、眉《まゆ》ずみ、アイライナー、口紅一本、チークカラー一色。二、三年前から私のメイクはこれだけになっている。全部ひっくるめても、ごく小さな化粧ポーチにおさまってしまうメイク道具である。

だから、私よりぐんと若い二、三十代のあなたたちなら最小限のメイクで十分ですよ、などという老婆心は、私にはさらさらない。最小限のメイクでいいのだ、という心境は、いずれ、たいがいの女性に訪れてくるものだと思う。きれいになりたいという一心から、身ぎれいでありさえすれば十分、という気持ちの変化は、しぜんとやってくるのではあるまいか。たとえば、見栄《みえ》っぱりの私ですら、そうなったように。

それでいて、身ぎれいでありさえすればいいはずの心境になっている私であるのに、新しいメイク商品の広告には、つい目がゆく。しかも反射的に「あ、いいな」とか「私の好み」とか、心のなかでつぶやいている。もちろん、つぶやくだけで買いはしないのだが、反射的に反応してしまう癖が、まだたっぷりと残っている。

はじめてメイクした十代の後半、化粧は身だしなみのひとつだった。二十代は、きれいになりたい願望がもっとも強かった。OLだった三十代のときのメイクは「いざ、出陣」の仕事場での鎧《よろい》だった。四十代の現在は、ふたたび振りだしにもどり、身だしなみになっている。しかし十代の頃よりも口紅だけは、燃えつきる直前の夕陽のようにぐんと赤い……。

三十代の披露宴

久しぶりに結婚披露宴にまねかれた。

新郎三十七歳、新婦三十四歳のカップルで、どちらも初婚である。

披露宴会場はホテル内のこぢんまりとしたレストランを貸し切りにし、仲人《なこうど》はない。出席者数は六十名ほどだったろうか。

新婦はウェディングドレスに身をつつみ、一回きりのお色直しも、やはり、和装よりは着つけに時間のとらないロングドレスだった。

新郎はコンピュータ関連の会社に勤めるサラリーマン、新婦はフリーの編集・ライターの仕事をしている。

私は、新婦がOLだった頃の元上司、という過去のご縁から案内状をちょうだいした。大学を卒業したての彼女が入社した広告会社に、この私もいたのである。当時の私は、ウェディングドレス姿の現在の彼女と同じ年齢だった。

小規模の披露宴にふさわしく、また、新郎新婦のお人柄にふさわしく、宴はほのぼのとした雰囲気ではじまり、なごやかな談笑のうちに終了した。二時間半の披露宴だった。

そのあと二次会の会場が用意されていて、私も、かつて勤めていた広告会社の仲間たちと、そちらに出席したのだけれど、そこでは披露宴の席上では聞けなかった裏話が次々と暴露された。

どうやら積極的にアプローチしたのは新婦のほうらしく「白髪まじりの髪だけど、スマップの中居クンを老けさせたようなハンサムな、独身の三十男に一目惚《ひとめぼ》れした」のだそうである。新婦がインターネットをはじめようとした際、操作の説明にきたのが新郎だとか。一目惚れした彼女は、説明のお礼に食事を、と考えたものの、実行までには時間がかかり、そのあいだ女友だちに、いそいそと、また、くよくよと相談しつづけていたという。「ね、女のほうから食事に誘っていいのかしら」。そのかいあって、きょうの良き日を迎えたのだが、結婚披露宴にかけた彼女の意気ごみは大変なものだった。だいたいが広告会社に勤務し、数多くのイベントを手がけてきたキャリアを持つ彼女、一世一代の自分の結婚という大イベントを黙ってじっと見守っているはずがない。

かくして、披露宴の段取りは、すべて新婦が仕切った。宴のタイムスケジュールから、司会者の台本、宴の途中でおこなった「新郎新婦なぞなぞクイズ当て」のアトラクションの内容、会場に流すBGMの選曲にいたるまで、ことごとく新婦みずからが書き、走りまわり、指示したという。こう書くと、バリバリのキャリア・ウーマンのように思うだろうけれど、確かに頭のシャープなひとなのだけれど、この新婦、すぐに迷い悩む性格のひとで、司会者の台本ひとつとっても、数回の書き直しをしたらしい。だれもが、この台本でいい、とタイコ判をおしても、彼女自身が納得できず、それで数回の書き直しになったと聞く。台本以外にも、とにかく何かひとつ決定するまで必ず一週間は、迷い悩んだらしい。引き出物にしても、お色直しのドレスの色にしても、アトラクションの内容にしても。

しかし、そうした裏話のひとつひとつが、いかにも彼女らしかった。生まじめで、きちょうめんで、ひたむきで……二十歳そこその頃と少しも変わっていないのだ。そして、いい加減なところではけっして妥協しない性格も。くよくよと思い悩む弱ささえも。その彼女にふさわしく、新郎も誠実で明るい男性で、私が何よりも感動したのは、ふたりとも、へんに気取ったり、斜に構えることなく、手放しで自分たちの幸せと喜びを、私たち出席者にからりと伝えつづけたことである。ちっともイヤ味のない幸せの言動だった。見ているこちら側も、幸せの磁波を分けてもらっているような。

とにかく心なごむ、そして、しみじみとした三十代同士の結婚披露宴だった。

この作品は一九九八年六月朝日新聞社より刊行されたものです。

陽《ひ》だまりの午後《ごご》

藤堂志津子《とうどうしづこ》

平成13年4月25日　初版発行

発行者――見城　徹

発行所――株式会社幻冬舎

〒151-0051東京都渋谷区千駄ヶ谷4-9-7

電話　03(5411)6222(営業)

03(5411)6211(編集)

振替00120-8-767643

印刷・製本―大日本印刷株式会社

装丁者――高橋雅之

万一、落丁乱丁のある場合は送料当社負担でお取替致します。小社宛にお送り下さい。

定価はカバーに表示してあります。

Printed in Japan © Shizuko Todo 2001

幻冬舎文庫

ISBN4-344-40099-2　C0195　と-1-4